ro
ro
ro

ro ro ro

David Wagner, 1971 geboren, debütierte im Jahr 2000 mit dem Roman «Meine nachtblaue Hose» und veröffentlichte in der Folge den Erzählungsband «Was alles fehlt», das Prosabuch «Spricht das Kind», die Essaysammlungen «Welche Farbe hat Berlin» und «Mauer Park» sowie den Roman «Vier Äpfel», der auf der Longlist des Deutschen Buchpreises stand. Für sein Buch «Leben» wurde ihm 2013 der Preis der Leipziger Buchmesse verliehen. David Wagner lebt in Berlin.

«Über vieles im Leben denken wir nach der Lektüre anders ... Große Kunst.» (Die Welt)

«‹Leben› von David Wagner ist das literarische Ereignis des Frühjahrs. Das Buch ist in all seinem Raffinement und seiner Beschreibungskunst die organische Fortschreibung eines Werks, das bereits zu den bemerkenswertesten der deutschsprachigen Gegenwartsliteratur zählte.» (Frankfurter Allgemeine Zeitung)

«Viel zu oft werden Bücher als gehaltvoll bejubelt, die vielleicht den einen oder anderen interessanten Gedanken enthalten, aber sonst aus locker aufgequirltem Erzählschaum bestehen. ‹Leben› verdient das Prädikat auf jeder Seite. Ein kluges, berührendes Buch.» (Welt am Sonntag)

«Große, berührende Literatur. Und ein Plädoyer für das Leben, das seinen Sinn im Lachen eines kleinen Mädchens haben kann.» (Spiegel Online)

DAVID WAGNER

LEBEN

ROWOHLT TASCHENBUCH VERLAG

Die Arbeit des Autors am vorliegenden Buch wurde
durch den Deutschen Literaturfonds e.V. gefördert.

3. Auflage Januar 2020
Veröffentlicht im Rowohlt Taschenbuch Verlag,
Reinbek bei Hamburg, Oktober 2014

Umschlaggestaltung any.way, Cathrin Günther, nach einem
Entwurf von ANZINGER WÜSCHNER RASP, München
Umschlagabbildung Bettmann/CORBIS
Satz aus der Hoefler PostScript, InDesign,
bei Pinkuin Satz und Datentechnik, Berlin
Druck und Bindung CPI books GmbH, Leck, Germany
ISBN 978 3 499 25275 4

Alles war genau so
und auch ganz anders

BLUT

Kurz nach Mitternacht komme ich nach Hause. Das Kind ist bei seiner Mutter, die Freundin nicht da, ich bin allein in der Wohnung. Im Kühlschrank finde ich ein angebrochenes Glas Apfelmus, beginne zu löffeln und schaue dabei in die Zeitung, die noch auf dem Küchentisch liegt, ich lese etwas über Mücken und die Frage, warum sie bei Regen nicht von den fallenden Tropfen erschlagen werden. Noch bevor ich genau verstanden habe, wie sie überleben, kratzt mich etwas im Hals. Habe ich mich verschluckt? An Apfelmus?

Ich stehe auf, gehe ins Bad, sehe in den Spiegel und finde nichts Besonderes, alles wie immer, ich bin ein wenig blaß vielleicht. Weil ich nun aber schon im Badezimmer bin, will ich mir auch die Zähne putzen, ich will ja bald ins Bett – spüre im selben Augenblick aber, daß ich mich gleich übergeben muß. Ich drehe mich um, beuge mich über die Badewanne, da schwappt es schon aus mir heraus. Als ich die Augen öffne, wundere ich mich über das viele Blut in der Wanne. Langsam läuft es Richtung Abfluß.

Ich weiß, was das bedeutet. B., mein Arzt, der mich seit meinem zwölften Lebensjahr behandelt, hat mich oft genug, seit Jahren schon, gewarnt. Ich weiß, daß die Ösophagusvarizen, die Krampfadern in meiner Speiseröhre, geplatzt sind, ich weiß, daß ich nun nach innen blute und nicht ohnmächtig werden darf, ich muß den Notarzt rufen. Trotzdem überlege ich, ich überlege sehr langsam, mit einem Taxi in die Klinik zu fahren, entscheide mich dann aber doch für den Notarzt. Im Spiegel sehe ich, daß ich noch bleicher geworden bin, gehe das Telefon suchen und finde es im Arbeitszimmer auf dem Schreibtisch. Es gelingt mir tatsächlich, den falschen Notruf zu wählen, ich wähle eins-eins-null und höre eine Stimme sagen: Für einen Rettungswagen müßten Sie schon die eins-eins-zwei anrufen. Ich lege auf und frage mich, ob das ein Zeichen war. Soll ich lieber zu Hause bleiben? Ist es vielleicht übertrieben, einen Krankenwagen zu rufen? Ich warte eine Minute, das Telefon in der Hand, und sage mir dann, daß ich hier besser nicht verbluten sollte, nächste Woche, noch sind Osterferien, ist das Kind ja wieder da. Also wähle ich, das geht ganz leicht, die Tasten liegen nebeneinander, eins-eins-zwei. Eine freundlichere Stimme meldet sich und sagt, ich solle die Wohnungstür öffnen und offen lassen – ich entschließe mich jedoch dazu, Schuhe und Mantel wieder anzuziehen und dem Arzt entgegenzugehen. Ich weiß ja, hier kann er nichts für mich tun, ich muß ins Krankenhaus.

Ich begegne dem Notarzt und den beiden Rettungssanitätern im Treppenhaus, grüße und sage: Ich bin's, ich muß in die Klinik, und merke gleich, sie halten mich für einen Simulanten, sie haben die Badewanne nicht gesehen. Im Krankenwagen, ich sitze auf dem Transportstuhl, Rücken in Fahrtrichtung, weiß der Arzt nichts mit mir anzufangen, er sieht sich meinen Notfall- und den Organspendeausweis an. Ich sage, ich muß ins Virchow, Charité Campus Virchow, berichte von meiner Autoimmunhepatitis, der Zirrhose, den Ösophagusvarizen und dem Überdruck in den Gefäßen vor meiner kranken Leber, ich spreche und spreche, da spüre ich wieder etwas im Hals. Eine Hand bekomme ich noch vor den Mund, doch das Blut schießt schon mit solcher Gewalt aus mir heraus, daß ich den halben Wagen vollspritze. Eine Szene wie in einem Splatterfilm, über die ich lachen könnte, nur daß hier leider kein Kunstblut spritzt. Der Notarzt, mein Blut läuft ihm über beide Brillengläser, wirkt erschrokken. Er legt mir einen Zugang und gibt Kochsalzlösung, der Wagen fährt endlich an. Kurze Zeit später, ich sehe die Wipfel der Straßenbäume und die Sterne über mir – warum, wundere ich mich, hat dieser Rettungswagen nun kein Dach mehr –, muß ich mich wieder übergeben. Im Liegen treffe ich nur halb in die durchsichtige Tüte, die mir hingehalten wird, das meiste geht daneben, schwappt auf den Boden, und ich weiß, wird diese Blutung nicht schnell gestoppt, bin ich bald tot.

Indikation: Anamnestisch bekannte gastrointestinale Blutung. Anamnestisch bekannte Varizenerkrankung.

Medikation: 100 mg i. v. Propofol.

Befund: Im unteren Drittel des Ösophagus sind vier Varizenstränge von mehr als 5 mm Durchmesser zu sehen (Varizen ragen 50 % des Lumendurchmessers vor bzw. berühren sich, Grad III). An der Minorseite reichen die Varizen bis unterhalb der Kardia. Auf den Varizen red colour signs. Es liegt eine aktive Blutung vor. Der Magen ist mit Koageln gefüllt, unzureichende Beurteilung.

Therapie: In einer Höhe von 34 cm bis 39 cm von der Zahnreihe werden sechs Gummibandligaturen gesetzt, die Blutung kommt unter endoskopischer Therapie zum Stillstand.

1

Ich wache auf und weiß nicht, wo ich bin. Ein Schlauch steckt in meiner Nase, frische, kühle Luft, Bergluft mit Beigeschmack, strömt in mich herein. Ein halbvereister Waldbach gluckert zwischen hohen Tannen, weißgefrorene Gräser glitzern in der Sonne – offenbar male ich mir ein Kalenderbild aus. Ich höre Gestöhne und ein Stimmendurcheinander, höre es tropfen und rauschen und spüre eine Hand an meinem linken Oberarm, sie packt zu, ja, halt mich, halt mich fest – und läßt dann doch wieder los. Es ist keine Hand, merke ich bald, es ist ein automatisches Blutdruckmeßgerät mit einer Manschette, die sich jede Viertelstunde aufbläst, den Blutdruck mißt, ihn aufzeichnet und dann wieder erschlafft. Hört sich an, als puste jemand in eine Luftmatratze. Auf dieser Luftmatratze treibe ich aufs Meer.

2

Sie stehen am Ufer und winken. Sie warten auf mich, sie haben sich eingefunden, meine Mutter, meine Großmutter, Rebecca, Alexandra, mein Großvater in Uniform und meine Urgroßeltern, die ich nicht auf den ersten Blick erkenne, weil ich sie nie zuvor gesehen habe. Sie sind gekommen, um mich zu begrüßen, sie stehen am Strand und winken, ja, tatsächlich, ich höre sie schon rufen, sie rufen: Willkommen, da bist du ja – dann aber bricht eine größere Welle und wirft mich nicht auf den Strand, wie ich es erwartet hatte, nein, eine Unterströmung zieht mich wieder hinaus aufs Meer, weit hinaus, rasch verliere ich das Ufer aus den Augen.

3

Ich öffne die verkrusteten Augen, alles ist verschwommen. Ein Raum voller Farbflecken – das aber, fällt mir ein, könnte daran liegen, daß ich meine Brille nicht trage. Keine Ahnung, wo die geblieben ist. Einige Dinge kann ich trotzdem erkennen, ich muß die Augen nur leicht zusammenkneifen: Rechts befindet sich ein Fenster, links eine Tür, die Tür steht offen. Sehr viele Apparate um mich herum, Kabel, drei oder vier Monitore, ich höre ein Piepen. Kommandozentrale? Mir gefällt mein Raumschiff, ich bin so leicht, schwerelos, ich kann fliegen.

4

Hell ist es oben über der Stadt, ich schwebe und schaue hinab. Ich sehe und weiß auf einmal alles wieder, ich habe nichts vergessen. Die Flachdächer der Klinik, die weißen Kiesel, der Kanal, das Kraftwerk und die Gleise, all das kann ich sehen, ich liege, ich fliege über der Stadt – erst nach Minuten, Stunden oder Tagen muß ich zurück in meine Haut, in dieses Bett.

5

Ach was, ich liege nicht auf dem Friedhof, ich liege nicht in der Erde. Es wird hell und dann wieder dunkel. Ich liege in einem Bett im Krankenhaus, in einem Bett auf Rädern, ich kann hinausgeschoben werden. Drehe ich meinen Kopf, sehe ich den Himmel. Heute ist er weiß, kahle Birkenzweige hängen in den Vordergrund. Das Fenster ist gekippt, die kalte Luft riecht frisch und süß, ich höre Vögel, sie tschilpen vielversprechende Geräusche. Ein Sonnenstrahl bricht durch die Wolkendecke, auf der anderen Seite des Geländes, hinter der roten Ziegelmauer, jenseits der Seestraße, liegt, ich war schon dort, ein Friedhof.

6

Mir wird der Rücken gewaschen, mir werden die Zähne geputzt. Ich muß nichts tun, ich muß nur liegen. Ich muß nicht einmal essen, eine Schwester bringt mir Astronautennahrung, Flüssigmahlzeiten, die alles enthalten, was ein Körper braucht. Der Astronautentrunk schmeckt nach Banane. Und nun weiß ich es, weiß ich es ganz genau: Dieses Zimmer ist wirklich mein Raumschiff, und ich bin unterwegs zum Mars. Mindestens bis zum Mars. Das müßte selbst bei einer günstigen Konstellation der Umlaufbahnen fast ein Jahr dauern. Oder länger. Ich stelle mich darauf ein, ich bleibe.

7

Meine Brille ist wieder da. Ich setze sie auf, schaue mich um und setze sie wieder ab. Ich glaube, ich möchte das alles nicht so genau sehen.

8

Ich frage nach B. und höre, er sei nicht da, er habe Urlaub. Ein Gastroenterologe kommt ins Zimmer und berichtet, wie es gelungen ist, die Varizenblutung zu stoppen. Es wurde endoskopisch ligiert, das heißt, mir wurde ein Schlauch in die blutende Speiseröhre geschoben, in dem Schlauch befand sich eine Apparatur, durch die sich Gummiclips auf die geplatzten Krampfadern setzen ließen, so wurden die blutenden Krampfadern abgeklemmt. Ich hatte Glück, es gibt diese Technik noch nicht lange. Noch vor zwanzig Jahren war bei solchen Blutungen nicht viel zu machen. Ich habe ein paar Liter Blut verloren, mein Hämoglobinwert ist schlecht, und die Leberwerte, das liegt auch an dem Eiweißschock nach so viel Blut im Magen, sind noch schlechter. Aber ich lebe.

9

Ein Patient, ich kann ihn nicht sehen, höre ihn aber durch die offene Tür, beschwert sich, daß in den Zimmern keine Uhren hängen. Er will beobachten, wie schnell oder wie langsam die Zeit vergeht. Ob sie überhaupt noch vergeht? Und wenn ja, in welche Richtung? Ich bin mir da nicht mehr so sicher.

10

Von der Intensivstation werde ich auf die Gastro, die gastroenterologische Normalstation, verlegt. Hier liegen, ich muß bald darüber lachen, die Gastronomen. Einen Vormittag lang, dann wird er entlassen, liegt ein Koch mit mir im Zimmer, ihm folgt ein Kellner. Der Kellner zählt mir alle Ost-Berliner Schütten auf: Truxa Bierbar, Bornholmer Hütte, Metzer Eck, Oderkahn und Trümmerkutte – die war damals in der Kastanienallee Ecke Oderberger Straße, in dem Haus, in dem sich heute der Kopierladen befindet, seiner Erzählung nach eine Absturzkneipe. Er war Ober im Operncafé, und als Ober des Operncafés, in der DDR waren Kellner mächtige Menschen, konnte er überall saufen. Umsonst. Na ja, das rächt sich heute, sagt er.

Der Kellner darf nach Hause, nun liegt ein Fleischer neben mir. Der Fleischer ist fünfundvierzig Jahre Fleischer gewesen, ganz schön lange, ganz schön viel Wurst. Ja, wir hatten immer gut zu essen, sagt er, gehungert haben wir nie. Die letzten zehn Jahre habe die Arbeit ihm allerdings nicht mehr viel Spaß gemacht, die Fleischerei, in der er vierundzwanzig Jahre beschäftigt gewesen sei, habe schließen müssen, danach habe er in einer Wurstfabrik gearbeitet. Das Zeug, das er da hergestellt habe, also, privat habe er das nicht essen wollen. Letztes Jahr sei er sechzehn Wochen auf Station gewesen. Er hat es schon mit vielen ausgehalten, wir lassen uns in Ruhe.

11

Eine der Schwestern kommt ins Zimmer und sagt, der Transport sei da. Ich muß zur Sonographie, darf aber liegenbleiben. Wie weitläufig die Klinik ist. Kilometerlange Korridore, fast alle Gebäude sind miteinander verbunden, unter der Erde gibt es Bettenautobahnen. Das Krankenhausbett ist eigentlich ein Fahrzeug, es hat vier Räder, es ist ein Krankenwagen, ich liege und gleite dahin, werde über lange Flure gefahren und in einen Aufzug geschoben. Ich denke an einen Einkaufswagen, dann an einen Kinderwagen, heute schiebt mich ein Afrikaner. Im Aufzug und im Durchgang unter der Mittelallee, über uns die Wurzeln der Kastanien, singt er vor sich hin. Ich frage ihn, was er singe und was es für eine Sprache sei. Eine Sprache der Elfenbeinküste, sagt er, und als ich weiter nachfrage, erzählt er, er sei in Paris geboren, im 19. Arrondissement, Frankreich und die Franzosen könne er aber, obwohl er selbst Franzose sei, nicht leiden. Er habe achtzehn Jahre dort gelebt, das reiche ihm, für immer, sagt das alles auf Französisch.

Habe ich nicht einmal in Paris gewohnt, in Barbès, rechts des Boulevard Rochechouart, und bin jeden Tag über den Markt der Goutte d'Or gegangen? Ich liege, er schiebt. Ich würde ihn gern fragen, traue mich allerdings nicht, ob ihm schon mal ein Patient gestorben ist, unterwegs.

12

Bin ich vielleicht doch schon tot? Geht mich das alles gar nichts an? Schaue ich nur noch zu? Vielleicht träume ich diese Gegenwart bloß, und Jenseits heißt, in einem Bett zu liegen und sich an Episoden seines Lebens erinnern zu müssen, ob ich will oder nicht. Gestern oder vorgestern war meine Beerdigung, vielleicht ist sie aber auch erst heute. Oder morgen.

13

Im Zimmer komme ich wieder an den Tropf, ich höre ihn nicht, sehe ihn bloß tropfen und schaue ihm dabei zu.

14

Der Fleischer erzählt, er habe früher hundertfünfundfünfzig Kilo gewogen, habe halt immer gern gegessen, immer schön Haxe, schön Bierchen, das habe er jetzt davon, eine Fettleber, nu warte ick uff eene neue. Er hat Aszites, schleppt immer zwei Bierkästen Flüssigkeit in seinem Bauch herum, ächzt sich aus dem Bett, immerhin, er kann noch aufstehen. Na ja, sagt er, braucht man sich och keene Langspielplatte mehr koofen.

Der Satz geht mir im Kopf herum. Soll ich mir noch eine Langspielplatte kaufen? Lohnt sich das noch? Wie lange dauert es, bis das Kind alt genug ist? Und wie lange, ich verstehe *Langspielplatte* auf einmal ganz wörtlich, habe ich mir eigentlich schon keine Platte, keine LP mehr gekauft? LP war einmal eine wichtige, sehr vertraute Abkürzung, wer sich LPs kaufte, damals, als Musik noch gekauft wurde, war fast schon erwachsen, LP-Käufer verstanden etwas von Musik, hatten die Phase, in der sie sich bloß für einzelne Hits begeisterten und Singles kauften, schon hinter sich. Eine LP kostete Geld, viel Geld, fast einen Monat Taschengeld.

15

Besucher bringen Blumen mit, bald sieht es aus wie in einem Blumenladen. Oder wie auf einer Beerdigung. Nach draußen, auf den Flur vor die Tür, werden die Sträuße zur Nacht nicht mehr gestellt, als Kind habe ich das im Krankenhaus noch erlebt. Die Schwester, die ich danach frage, antwortet, sie hätten genug zu tun, außerdem sei es gar nicht nötig. Solange, was viel wichtiger sei, hin und wieder gelüftet werde, bekomme jeder Patient genug Sauerstoff.

16

Das Kind kommt mich nicht besuchen, seine Mutter meint, es solle mich nicht so sehen. Sie hat nicht unrecht, ich möchte mich so auch nicht sehen.

17

Ich mag das frische Bettzeug. Die Bezüge und das Laken fühlen sich hart und zugleich weich und immer sauber an. Ich werde versorgt, ich werde gepflegt, alles wird für mich getan, mir wird geholfen, es geht mir gut, es geht mir immer besser, ich bin gerettet.

18

Schaut mein Bettnachbar fern, er hat seine Kopfhörer eingestöpselt, schaue ich manchmal mit und sehe sonderbare Menschen, die sonderbare Dinge tun, ich genieße das stumme Fernsehen. Der Bildschirm hängt unter der Decke, steuern läßt er sich über die Tasten der altertümlichen elfenbeinfarbenen Telefonapparate, die auf unseren Nachttischen stehen. Fernsehen ist hier allerdings kein Vergnügen, der Monitor, ein schwerer, quadratischer Röhrenmonitor, ist viel zu weit oben montiert, zudem ist das Umschalten mühsam, für jeden Programmwechsel muß eine neue, nicht unkomplizierte Tastenkombination gedrückt werden, woraufhin der Bildschirm sich verdunkelt und dunkel bleibt, bis vier Sekunden später das gewünschte Programm aufflackert. Manchmal jedoch auch nicht. Vier Sekunden können sogar im Krankenhaus sehr lang sein, so macht Zappen keinen Spaß.

19

Als ich dreizehn war und einige Wochen im Krankenhaus lag, schleppte mein Vater unseren kleinen Sony an. Damals gab es noch keine Fernseher auf den Zimmern, wenigstens nicht in dem Krankenhaus, in dem ich Patient war, und schon gar nicht auf der Kinderstation. Wer ein kleines, transportables Gerät hatte, brachte es mit oder ließ sich eines bringen. Meines, aus dem Arbeitszimmer meiner Mutter, eigentlich viel zu groß für den Nachtschrank, zeigte mir, wie die Raumfähre Challenger explodierte. Ich sah sie immer wieder explodieren, wieder und wieder flog sie auseinander, ein Feuerwerk, meine erste große Fernsehkatastrophe – deren Bilder sich nun in meinem Kopf mit denen der nächsten großen Fernsehkatastrophe, der einstürzenden Twin Towers, vermischen. Die Türme fallen, die Raumfähre explodiert, und mir ist auf einmal so, als hätte ich schon damals, auf der Kinderstation, als die Challenger verunglückte, gewußt, daß die Sache mit der Raumfahrt damit vorbei war. Raumfahrt war eine Zukunft der sechziger Jahre, eine Zukunft von gestern, die sich nicht realisierte. Niemand flog mehr auf den Mond, niemand brach auf zum Mars.

20

Das Bett läßt sich verstellen. Ich kann die Liegefläche anheben und senken und Kopf- und Fußteil anwinkeln, aber ich darf es mir, denke ich, nicht zu bequem machen. Sonst will ich am Ende nicht mehr aufstehen.

21

Samstags gibt es nur Eintopf, sonntags keine Visite. Montags weht Geschäftigkeit über den Flur, als ob für die beiden betriebsärmeren Tage davor nachgearbeitet werden müßte. Sonst unterscheiden die Tage sich nicht besonders. Eintopf gab es auch in meiner Kindheit, samstags, Erbsen oder Linsen, die einfache Küche, weil meine Mutter unterwegs war oder keine Lust zu kochen hatte.

Ich darf wieder essen, bin dabei allerdings sehr vorsichtig. Erst einmal esse ich nur Püriertes, ich habe Angst, mich beim Schlucken zu verletzen. Könnte nicht irgend etwas, was nicht ausreichend gekaut wurde, ein scharfkantiger, zu hastig geschluckter Bissen, wieder ein Gefäß zum Platzen bringen? An das Blut in der Speiseröhre erinnere ich mich lieber nicht.

22

Ich spüre die Armbanduhr an meinem Handgelenk, die Uhr meines Vaters, die sich selbst aufzieht, sie ist, bemerke ich, stehengeblieben. Auf dem Uhrenglas sind zwei winzige rote Flecken, Blutspritzer, zu sehen, ich kratze sie ab und bewege meinen Arm ein paarmal hin und her, bis der Sekundenzeiger wieder anspringt. Die Uhr geht, zeigt aber nicht die richtige Zeit. Manchmal, wenn ich ein wenig Kraft übrig habe, bewege ich den Arm, damit sie nicht so bald wieder stehenbleibt. Dann komme ich mir vor, als winkte ich jemandem, der gar nicht da ist, zu.

23

Ich schlafe in einer Außenkabine, in der Bordwand ein Bullauge, ich sehe Wasser, viel Wasser, manchmal zieht eine Insel vorbei, ein U-Boot taucht auf, ein Eisberg treibt dahin oder ein einsamer Schwimmer, der fast schon aufgegeben hat. Das muß die Vergangenheit sein.

Ich habe mich eingeschifft, ich bin an Bord, es geht einmal durch mein Krankenzimmer, vom Kissen zum Nachtschrank, vom Nachtschrank zum Wandschrank, vom Wandschrank zum Tisch, auf den Stuhl, ans Fenster, ins Bad, zum Fernseher an der Wand und weiter. Ich bin unterwegs, im Bett geht es hinaus, der Transport schiebt, die Krankheit ist die große Reise, *le grand tour*, einmal in die Unterwelt und vielleicht zurück. Krankheit ist vakante Zeit, ist, habe ich das nicht irgendwo gelesen, die Reise der Armen.

24

Eine blaue Ecke Himmel oben im Fenster, ich rieche die Rosen auf dem Nachttisch und die frische, noch steife Bettwäsche, mir gefallen die eingewirkten blaßblauen Streifen, der Stoff liegt glatt auf meiner Haut. Schöne Blumen auf Ihrem Nachttisch, sagt die Schwester, draußen leuchtet der Tag, was dem, der nicht hier ist, vielleicht gar nicht auffällt. Sie legt mir, wie jeden Tag, die Manschette des Blutdruckmeßgeräts um den Oberarm, schließt den Klettverschluß – Blutdruckmeßgeräte, das habe ich schon bemerkt, haben sehr laute Klettverschlüsse, ich freue mich schon auf das Geräusch, wenn sie den Verschluß gleich wieder öffnet –, pumpt die Manschette mit dem Ball in ihrer linken Hand auf und läßt die Luft anschließend langsam ab, sie hat das Endstück des Stethoskops auf die Haut meiner Armbeuge gepreßt, horcht und behält das Manometer im Auge. Eigentlich bräuchte sie mehr Hände, eine für das Stethoskop, eine zur Regulierung des Ventils am Manometer, eine für meinen Arm. Sie hat allerdings, wie ich, nur zwei.

Mir gefällt die Berührung.

MEIN WEISSER WAL

Nach neun Tagen darf ich nach Hause. Das Apfelmus steht noch auf dem Tisch, die Badewanne sieht nicht schön aus. Die Tochter ist zurück von ihrer Reise, kommt mit ihrer Mutter vorbei und wundert sich, sie ist ja erst drei, über diesen schwachen Vater. Geh doch richtig, sagt sie, als ich aufstehe und ein, zwei, drei, vier Schritte versuche. So mußt du gehen, sagt sie und macht es mir vor: hoch aufgerichtet, gerade, ausschreitend. Ein Vater, ich erinnere mich, soll groß, stark, unverletzlich, ja unsterblich sein.

Frau Rutschky bringt Rinderbraten, ich liege auf dem Bett, schlafe viel, schaffe es kaum bis ins Bad und schaue Serien, viele Folgen, ich habe Zeit. Ich sehe *Six Feet Under* und *The Sopranos* und *Lost*.

Eine Woche später blute ich wieder, fahre wieder ins Krankenhaus, diesmal, das Blut sickert nach innen, tatsächlich mit dem Taxi. In der Notaufnahme werde ich ohnmächtig, wieder OP, wieder Ligaturen, wieder Intensivstation. Ich habe nicht mehr viel Blut, bekomme zwei Beutel Plasma.

25

Als ich aufwache, sehe ich B. in meinem Zimmer. Er lacht und gratuliert mir: Daß ich noch da sei, daß ich noch lebte, sei ein kleines Wunder. Er spricht weiter, ich höre zu, ich mag seine Stimme, ich kenne sie ja schon lange, seit vierundzwanzig Jahren. Und ich weiß, was diese Stimme gleich sagen wird, ich weiß, daß ich wieder auf die Liste muß, ich muß zurück auf die Warteliste für eine neue Leber, auf der ich schon einmal, bis vor ein paar Monaten, stand. *Sie müssen wieder auf die Liste.* Ja, sage ich, ich weiß.

26

Die Werte sind schlecht, ich muß im Krankenhaus bleiben.

Ich liege eine Weile, langweile mich und lerne langsam wieder gehen. An der Hand einer Physiotherapeutin krieche ich über den Flur, sie ermahnt mich, die Füße zu heben, nicht zu schlurfen. Ich schlurfe weiter, weil ich sie noch einmal *bitte nicht schlurfen* sagen hören möchte, auch ihre Stimme gefällt mir. An ihrer Hand wanke ich bis zum Ende des Flurs und schaue, wir stehen nebeneinander, auf den Hubschrauberlandeplatz, ein großes H markiert die Landefläche. Auf einmal habe ich die Phantasie, mit ihr, der hübschen Physiotherapeutin, deren Stimme mir so gut gefällt, dort unten in einen Hubschrauber zu steigen und in den graumelierten Himmel zu fliegen, irgendwohin, ich träume die große Flucht. Die Physiotherapeutin aber sagt, wir müßten weiter, zurück über den Flur, vorbei an schief eingerahmten Kalenderbildern, die links und rechts an den Wänden hängen: dem Seljalandsfoss, einem Wasserfall auf Island, den Moai-Statuen auf der Osterinsel und zwei Tafelbergen bei Sonnenuntergang, Monument Valley, Utah, die Dinger aus der Zigarettenwerbung und den Western von John Ford. Das Blatt ist im Rahmen verrutscht.

Am anderen Ende des Flurs gelangen wir zu einer Sitzgruppe, ein Tisch aus weißem Drahtgeflecht und drei Stühle stehen dort, nur zwei von ihnen haben Polster. Eine weiße Orchidee – vielleicht aus Plastik? Nein, diese Pflanzen sehen halt so aus – blüht in einem sonst leeren Regal. Immer noch an der Hand der Physiotherapeutin, sie heißt, ihr Namensschild verrät es mir, Johanna, drehe ich mich um und wanke wieder Richtung Hubschrauberlandeplatz. An der Wand fällt mir ein weiteres Kalenderbild auf, die Trauminsel Bora Bora, Französisch-Polynesien, die Farben des Fotos ausschließlich Grün, Türkis und Blau. Und ich sage: Johanna, da möchte ich mit Ihnen hin.

27

Ich schaffe es wieder, das Leben nennt der Derwisch eine Reise, bis ins Bad. Immerhin.

28

Tags darauf darf ich ohne Johanna über den Flur und betrachte einen Feuerlöscher, er hängt in einer Wandnische, in der auch eine Heiligenfigur stehen könnte. Ein Geländer mit Holzlauf zieht sich über die gesamte Länge des Flurs an der Wand entlang. Ich gehe sehr langsam am Stellwagen vorbei, Wundverband (steril verpackt), Fixomull stretch, Bepanthen-Salbe und Einweghandschuhe liegen bereit. Dahinter stehen zwei leere, komplett mit Klarsichtfolie überzogene Betten, warten auf neue Patienten, folienüberzogen bleiben sie keimfrei und schön frisch. Ich manövriere mich um sie herum, halte mich am Kopfteil des einen Bettes fest und bin schon wieder bei der weißen Orchidee über der Sitzgruppe aus Drahtgeflecht. Auf der Fensterbank liegt diesmal ein ZEIT-Magazin, am Vortag habe ich es nicht gesehen. Ich greife danach und schlage es auf und lese ein paar Sätze einer Reportage über eine große Müllkippe in Kairo. Das Heft gefällt mir, gefällt mir besser als sonst, es kommt mir allerdings seltsam vor. Etwas stimmt nicht. Die Autos, für die auf den ganzseitigen Anzeigen geworben werden, ein neuer Saab zum Beispiel, sind alt und unförmig, kleinere Anzeigen erwähnen Firmen, von denen ich lange nichts gehört habe. Gibt es Wang Computer überhaupt noch? Ich schaue auf die Titelseite und staune: Dieses ZEIT-Magazin ist im Jahr 1987 erschienen. 1987? Wie kommt das denn hierher? Welches Jahr haben wir jetzt? Bin ich etwa wieder fünfzehn, vierzehn, dreizehn Jahre alt?

29

Ich bin zwölf und habe Bauchschmerzen, ich habe oft Bauchschmerzen, achte aber nicht darauf. Einmal, ich bin mit meinem Vater über Silvester im Skiurlaub, wirft ein Arzt, der Freund eines Freundes meines Vaters, einen Blick auf meinen Bauch, tastet ihn ab und entdeckt, daß meine Leber geschwollen ist. Er meint, ich müsse zu Hause zum Arzt. Eine Woche später diagnostiziert meine Hausärztin eine Leberentzündung, ich muß ins Krankenhaus, die Ärzte dort finden allerdings nicht heraus, was die Ursache der Entzündung ist, es handelt sich nicht um eine virale Hepatitis A oder B, ist aber auch keine Hepatitis Non-A-Non-B, wie die verschiedenen Formen der Hepatitis C Anfang der achtziger Jahre noch heißen. Schließlich, ich liege mittlerweile in der Bonner Universitäts-Kinderklinik und bin mehrfach punktiert worden, stellt sich heraus, daß ich eine Autoimmunhepatitis habe, mein Immunsystem hält körpereigene Leberzellen für fremdes Gewebe und bildet autoimmune Antikörper, diese Antikörper verursachen die Entzündung in der Leber. Warum das Immunsystem sich so verhält, ist bis heute nicht bekannt.

30

Ich schaue aus dem Fenster und beobachte OP-Vorbereitungen im ersten Stock des Gebäudes gegenüber, zwei Frauen in grünem OP-Gewand stehen in einem Raum mit gekachelten Wänden. Eine streift sich gerade Gummihandschuhe über, zusammen ordnen sie Operationsbesteck, unterhalten sich dabei. Ein paar Fenster weiter und höher sehe ich einen weißhaarigen Mann in seinem Zimmer, er sitzt am Tisch und schaut hinaus. Wir schauen wohl auf denselben Baum, den Baum vor meinem Fenster, meinen Baum, den ich den ganzen Tag im Auge habe. Er hält ihn für den seinen. Unten, ich höre ein Tretlager quietschen, rollt ein Fahrradfahrer im Blaumann vorbei, wahrscheinlich gehört er zum technischen Hauspersonal, er sitzt auf einem Klapprad. Sieht aus, als ob er zur Erholung spazierenfährt, er tritt sehr gemächlich in die Pedale.

31

Ich bin zwölf, dann dreizehn, und meine Leber ist kaputt, sie war wohl länger schon entzündet. Ich habe, obwohl noch ein Kind, eine Leber wie nach fünfzig Jahren Alkoholkonsum, kann aber auch mit einer Drittel-Leber und sehr mäßigen Leberwerten weiterleben, die Werte dürfen nur nicht schlechter werden, sagt B., mein Arzt. Es beginnt eine Kombinationstherapie mit Cortison und einem Immunsuppressivum, die Entzündung klingt ab, die Zirrhose bleibt. Es geht mir gut. Es geht mir gut, bis die Probleme mit den Nebenwirkungen der Medikamente anfangen. Ich bekomme ein aufgedunsenes Vollmondgesicht, der Teenager, der ich bin, sieht aus wie ein Hamster, das Gesicht ist voller als das von Helmut Kohl. Meine Haut wird dünn, die Knochen werden weich, ich habe Osteoporose wie eine alte Frau, bekomme immer wieder Sehnenscheidenentzündungen und von der leichtesten Berührung blaue Flecken. Ich entwickle einen grünen Star, weil das Cortison den Augeninnendruck erhöht, ich muß Augentropfen nehmen, die meine Pupillen klein wie Nadelspitzen werden lassen, ich erkenne kaum mehr etwas und sehe aus, als wäre ich auf Heroin. Ich werde kurzsichtig, bekomme eine Brille und Dehnungsstreifen auf der Haut, ich nehme immer mehr Medikamente gegen die Nebenwirkungen der Medikamente, die wiederum ihre Nebenwirkungen haben. Probleme habe ich immer nur durch die Nebenwirkungen der Medikamente, nur an den Nebenwirkungen merke ich, wie krank ich bin – das ist der Satz, den ich den Ärzten immer wieder, seit bald drei Jahrzehnten, sage. Ich nehme meine Medikamente, seit dreiundzwanzig, vierundzwanzig, fünfundzwanzig Jahren, morgens, mittags und abends, und nehme die Medikamente gegen die Nebenwirkungen der Medikamente. Manchmal, bilde ich mir ein, kann ich die pharmakologische Symphonie meiner Medikamente in mir rauschen hören – wie die zusammenspielen, was für ein herrlicher Lärm.

32

Mein Baum winkt, er winkt mit seinen Zweigen. Er winkt im Morgenlicht und winkt bei Wind, in seiner Krone eine sanfte Dünung.

Unten steht einer der Gärtner und sprengt den Rasen, dasselbe kleine schattige Areal wie am Tag zuvor. Ja, ich glaube, er hat dort einen neuen Baum gepflanzt. Auf dem Weg eine Schubkarre, in ihr ein blauer Müllsack, zerknautscht, zur Hälfte gefüllt.

33

Hier stockt die Zeit, sie staut sich. Eigentlich müßte ich mißmutig werden über so viel Zeit.

34

Ich bin fünfzehn, und mein Augeninnendruck ist wegen des Cortisons so hoch, daß er alle zwei Wochen gemessen werden muß. Aber statt zu dem Augenarzt zu gehen, der seine Praxis in dem Haus gleich neben der Schule hat, fahre ich lieber in die Augenklinik, habe wieder einen Grund, die Schule nach der zweiten oder dritten Stunde zu verlassen, mit der Bahn zum Hauptbahnhof zu fahren und mich auf Umwegen, meist zu Fuß, manchmal mit dem Bus, Richtung Augenklinik, auf den Venusberg, zu begeben. Ich habe ein Buch dabei, eines, in dem ich meist doch nicht lese, und ein Notizbuch, in dem ich nichts notiere.

Und ich bin müde. Ich bin, Begleiterscheinung einer kranken Leber, immer müde. Oder ist das, wer kann das schon wissen, bloß eine ganz allgemeine Müdigkeit? Eine, die mich wie alle anderen überfällt? Sind vielleicht alle Menschen immer so müde?

Die Leber, mein weißer Wal, liegt, groß und ruhig und rundgeschwollen, unter meinem rechten Rippenbogen. Sie steht deutlich hervor, aber ich spüre sie nicht. Ihre Leistung sinkt nur langsam, aber sie sinkt.

Und dann, egal, was passiert, egal, wie aufregend, außergewöhnlich, langweilig oder belanglos ein Tag ist, finde ich mindestens dreimal täglich Zeit, darüber nachzudenken, wie schön es doch wäre, tot zu sein, wie schön es doch wäre, ins Wasser zu gehen, von einem Dach zu springen oder sich eine Kugel in den Kopf zu schießen, wenn ich denn eine Pistole hätte. Und obwohl B. es mir immer wieder sagt, kann oder will ich nicht verstehen, daß meine Verstimmungen und Suizidphantasien auch eine physiologische Ursache haben, meine kaputte Leber nämlich, die mich, obwohl ich ihr nie die Schuld daran gebe, ich bin ja froh, sie zu haben, zunehmend auch daran hindert, mich länger als eine Dreiviertelstunde zu konzentrieren oder mich zu etwas aufzuraffen. An nicht so guten Tagen bewege ich mich in Halbtrance, an schlechten gehe ich gleich nach dem Aufstehen wieder ins Bett und sehe die Welt halbverschleiert durch meine Vorstellung tanzen.

35

Ein Arzt kommt ins Zimmer, einer, der mich noch nicht kennt und zum ersten Mal untersucht. Er wundert sich, daß ich so klar mit ihm spreche, andere Patienten, sagt er, seien bei einem vergleichbar hohen Ammoniakspiegel sehr verwirrt. Bin ich ja auch, denke ich, ich kann das nur besser verbergen, nach dreiundzwanzig, fast vierundzwanzig Jahren habe ich halt ein wenig Übung darin, ich komme mit meiner Verwirrung zurecht, habe mich an sie gewöhnt, aber, wer weiß, vielleicht bin ich ja viel verwirrter, als ich es für möglich halte? Vielleicht ist alles gar nicht, wie ich meine, daß es ist? Wer weiß, wohin meine Wahrnehmung sich verschoben hat. Welche Wahrnehmung wäre denn die echte? Gibt es die? Ist das, was ich sehe und höre und fühle und denke, gar nicht die Wirklichkeit? Ist es vielleicht ganz anders? Sehe ich alles biochemisch getönt? Verfärbt? Passiert das alles um mich herum überhaupt?

Eine gesunde Leber, so erklärt der Arzt es mir, ist dafür verantwortlich, Ammoniak abzubauen. Ist zuviel Ammoniak im Blut, wird der Körper müde. Und denkt sich seltsame Sachen aus.

Stimmt, ich bin müde. Immer bin ich müde. Ich bin so müde, gegen diese Müdigkeit hilft kein Schlaf. Ich wohne jetzt in Lalaland, es gefällt mir, schön ist es da, angenehm, alles Unangenehme ist ausgeblendet. Ich weiß nicht mehr, wo ich bin, und weiß nicht mehr, wo ich eben noch war, ich komme in ein Zimmer und weiß nicht mehr, was ich da wollte. Oder ich denke, ganz klar, so ist es, der Gedanke, bilde ich mir ein, will ausgesprochen werden, ich kann ihn dann aber nicht aussprechen, er entpuppt sich als ein diffuses Gefühl, das sich nicht in Laute und Töne verwandeln läßt. Manchmal muß ich mir alles, was ich sagen möchte, als geschriebenes Wort vorstellen, um es auszusprechen. Manchmal schreibe ich es dann tatsächlich auf, ich habe ja ein Notizbuch, wie aber war noch mal der Gedanke? Schon ist er wieder weg. Abgerutscht. Versunken. Hineingeplumpst in die Vergessenheit. Oft stammle ich vor mich hin, weiß nicht mehr, worum es ging, versinke. Weck mich doch bitte, hol mich hier raus.

Dem Arzt kann ich das nicht erklären. Ich versuche es trotzdem, versuche, ihm zu beschreiben, wie diese Selbstvergiftung sich anfühlt, dieser Schleier über allem, diese Verschiebung, diese Phasenverschiebung, gelegentlich ist es zum Beispiel so, daß ich Menschen die Lippen bewegen sehe, ihre Stimme aber erst viel später höre, als sei die Tonspur der Wirklichkeit verrutscht. Ich versuche, das zu erklären, ich höre mich sprechen und staune wieder einmal darüber, wie seltsam es klingt, wenn ich etwas sage, ich möchte lachen, so seltsam klingt es, was sind denn das für Laute? Diese Laute sollen etwas bedeuten? Wie seltsam es ist, die eigene Stimme zu hören, wie sonderbar.

Bin ich der, der ich bin, überhaupt nur durch die schleichende Vergiftung? Würde ich mich ohne Ammoniak vielleicht ganz anders anhören? Oder liegt es an den Medikamenten? Bin ich der, der ich zu sein glaube, nur durch die Medikamente? Heißt es nicht: Cortison macht Depression? Sind mein Fühlen, meine Wahrnehmung chemisch induziert? Bin ich vielleicht gar nicht der Mensch, der ich zu sein glaube, weil die Medikamente, die ich schon so lange, seit so vielen Jahren nehme, mich zu einem anderen machen? Ist das, was ich fühle und zu sein glaube, nur das Ergebnis einer Krankheit? Ein Krankheitszustand? Hat meine Traurigkeit ganz einfach chemische Gründe, bestimmt die Biochemie meines Körpers die Gefühle?

36

Als der Arzt das Zimmer verlassen hat, stehe ich auf, wanke zum Schrank, suche Kleider, ziehe mich an und gehe in die Bibliothek auf dem Klinikgelände. Ich kenne diese Bibliothek, ich bin schon früher manchmal dort gewesen. Ich schließe meinen Mantel in einem der Schließfächer ein, gehe in den hellen, weißen Lesesaal, wähle im Freihandbereich ein paar medizinische Lehrbücher, schaue unter den Stichwörtern *Hepar* und *Leber* nach und fange an zu lesen. Ich lese, daß die Leber Proteine produziert und Energie zur Verfügung stellt, Glykogen und Vitamine speichert, bei der Verdauung von Fetten hilft, giftige Substanzen beseitigt, die Blutgerinnung reguliert und Infektionen bekämpft – der Leber können fast fünfhundert Aufgaben zugeordnet werden, ich folge den Querverweisen, gelange zu Entlastungsdepression, Leberkoma und der ammoniakalischen Enzephalopathie, die Bewußtseinsstörungen, Delir-Zeichen und Traumzustände hervorrufen kann. Hier bin ich richtig, mein Traumzustand beginnt, mich zu interessieren. Ist dieses schwebende Dazwischensein nicht genau das, was mir am Dasein so gefällt? Ist die schleichende Vergiftung vielleicht der Weichzeichner, der alles schön macht? Mein Instagram-Blick?

Die Leber, lese ich weiter, war lange ein geheimnisvolles Organ. Es war nicht bekannt, wozu sie da ist, diese große Drüse, das schwerste Organ des menschlichen Körpers; bekannt war nur, daß der Verlust von Konzentrationsfähigkeit und die Gelbfärbung der Haut von Leberkrankheiten herrühren. Galen und Hippokrates waren der Meinung, die Leber sei das Zentrum der Körpergeister, der Ort, dem die Körpertemperatur entspringt sowie die Quelle des Bluts.

Die Quelle des Bluts? Das Blut strömt jedenfalls hindurch, ununterbrochen. Außerdem produziert die Leber die Gallenflüssigkeit, und ich fange an, mich wieder für die Säfte der antiken Temperamentslehre zu interessieren, die schon wußte, daß die Leber etwas mit Stimmungen zu tun hat. In hippokratischer Tradition wird Melancholikern zu Weißwein geraten, der soll gegen die schwarze Galle helfen. Schließlich, ich lese kreuz und quer, stoße ich auf die These einiger Evolutionsmediziner, die behaupten, daß melancholische Zustände eine Funktion haben, immerhin ist sie in allen Kulturkreisen und Völkern, auch bei Naturvölkern bekannt. Herumgrübeln und Nachdenken scheint einen evolutionären Vorteil zu gewähren – weil einem manchmal, nach ein paar Jahren weit hinten in der Höhle, auf dem Sofa oder hier, im Krankenhaus, vielleicht doch etwas einfällt?

Ich verlasse die Bibliothek und gehe unter den rotblühenden Kastanien zurück zum Bettengebäude. Auf der Mittelallee, ich muß die Augen nur halb schließen, fühle ich mich wie auf dem Gelände einer amerikanischen Campus-Universität: Ich habe ein Zimmer im Wohnheim, das ich mir mit einem Kommilitonen teile. Nur geht es hier eher weniger um die Erziehung meines Geistes, es geht mehr um meinen Körper. Mit dem wird alles mögliche angestellt.

37

Ich habe, ich kann es nicht leugnen, einen Wasserbauch. Ich trage vier, fünf, sechs, sieben Liter Wasser mit mir herum, mein Bauchnabel steht heraus, ich kann ihn reindrücken, kurze Zeit später aber springt er wieder vor. Ich habe einen Kinderbauch, einen Bauch, wie zwei- oder dreijährige Kinder ihn haben.

38

Zeus hat Prometheus dafür bestraft, daß er den Menschen das Feuer gebracht hat. Er kettet ihn auf einem Felsen an und läßt einen Adler jeden Tag ein Stück von seiner Leber fressen. Prometheus ist gefesselt, stirbt aber nicht, der Mythos weiß um die erstaunliche Regenerationsfähigkeit des Organs. Lebergewebe wächst nach, sieh an. Wachs doch nach, liebe Leber.

39

Im alten Rom versuchten Zuschauer wohl manchmal, ein Stück von der Leber eines tapferen, im Kampf getöteten Gladiators zu erhaschen: Neunmal eingenommen, sollte Gladiatorenleber Epilepsie heilen können. Leider bin ich kein Gladiator.

40

Ein Getränkehändler liegt neben mir, und ja, ich weiß schon, warum er hier ist: Getränkehändler haben viel zuviel zu trinken im Haus. Immer wieder, sehr krank scheint er sich nicht zu fühlen, steht er auf, verläßt das Zimmer und trifft sich, erzählt er mir, mit seiner Geliebten. Seine Frau und die Ärzte dürfen davon nichts wissen, ich soll sagen, er sei im Garten spazieren. Seine Frau kommt sonntags und bringt frische Schlafanzüge. Seine Geliebte – er kann sich nicht zurückhalten, mir das zu erzählen, und ich verstehe nicht gleich, daß er mich damit beeindrucken möchte – habe ein Nagelstudio in der Müllerstraße, gar nicht weit von hier, er brauche nur zehn Minuten bis in ihr Hinterzimmer. Ich will das alles gar nicht hören. Zu seinem Leberproblem, Berufskrankheit eines Getränkegrossisten, komme der kaputte Rücken, an den Bandscheiben wurde er auch schon operiert.

41

Seine Ausflüge bringen mich auf eine Idee. Nach dem wie immer liegend eingenommenen Abendessen stehe ich auf, ziehe mich an, verlasse das Zimmer und die Station und nehme den Aufzug hinunter. Ich gehe zum Haupteingang, steige in ein Taxi und fahre zu einem Abendessen, ein Bekannter hat eingeladen. Zu neunt sitzen wir dann an einem großen Tisch in seiner Wohnküche, die Herausgeberin einer Kunstzeitschrift, schwanger, ihr Freund, eine Kritikerin, ein Galerist, eine Musikerin, eine Kuratorin und ein Videokünstler. Gespräche werden geführt, über den Oman als Reiseland, über die politische Situation in Italien und über die Vorteile und Wirksamkeit von Ingwertee bei Erkältung. Ich komme mir vor, als wäre ich zu Gast in einer Fernsehserie, als Statist; niemand hier weiß, daß ich gerade im Krankenhaus liege, ich verrate nichts. Die Nachtschwester bemerkt auf ihrer ersten Runde, jetzt, in diesem Augenblick vielleicht, mein leeres Bett. Ich bleibe zwei Stunden, esse wenig, trinke nur Wasser, verabschiede mich, bestelle ein Taxi und fahre zurück in die Klinik. Nach Hause. Keiner sieht mich auf dem Flur, die Nachtbeleuchtung ist schon an, ich nehme eine Wasserflasche aus dem Kasten neben dem

Teewagen, setze mich in den Aufenthaltsraum und schalte den Fernseher ein.

Später, ich liege wieder in meinem Bett, betritt die Nachtschwester im Halbdunkel das Zimmer, kontrolliert den Tropf meines Bettnachbarn, hängt eine neue Flasche ein und leert die Ente. Leise wünscht sie eine gute Nacht.

42

Studierende kommen ins Zimmer und erinnern mich daran, daß ich in einem Universitätsklinikum liege, hier werden Ärzte ausgebildet. Ich bin ein interessanter Fall, kommt her, schaut mich an, ich habe meinen Auftritt im Bett, Zukünftige, was lernen wir heute? Seht nur, erkennt ihr, was ich habe? Versteht ihr die Zeichen und die Schrift auf meiner Haut?

Vor Jahren, 1992 oder 1993, bin ich schon einmal in einem Hörsaal vor Studenten aufgetreten, in einer von B.s Vorlesungen, als Beweis dafür, daß ein Patient mit einer zu zwei Dritteln zerstörten Leber leben kann. Ich sagte ein paar Sätze – daß ich zurechtkäme, ja daß ich eigentlich ein ganz normales Leben führte, daß ich oft tage-, ja wochenlang gar nicht daran dächte, krank zu sein, und mich nur sehr selten krank fühlte, daß dieses Kranksein in meinem Selbstverständnis keine oder fast gar keine Rolle spiele, obwohl ich natürlich jeden Tag, morgens und abends, Medikamente nähme – manchmal nimmt er sie allerdings auch nicht, warf B. ein, was ich abstritt, obwohl er vielleicht recht hatte. Wahrscheinlich war auch damals schon, ich wollte davon bloß nichts hören, von einer möglichen Transplantation die Rede, ich zeigte den Studenten in der ersten Reihe, die, wenn überhaupt, nur zwei oder drei Jahre älter waren als ich, meine Unterarme, auf denen sie Spider naevi, Lebersternchen, und andere Leberzeichen erkennen sollten, sie stellten Fragen nach Symptomen wie Müdigkeit oder Gelbfärbung. Ich stand gerne da, ich zeigte meine Haut.

Die Studenten, die jetzt hier im Zimmer stehen und inzwischen Studierende, nicht mehr Studenten heißen, betatschen mich, ich habe nichts dagegen. Sie lernen Tasten und Klopfen, sie lernen, sich auch ohne Ultraschall ein Bild von den inneren Organen zu machen, die Größe und Lage meiner geschwollenen Leber und ihrer Gallenblase zu fühlen, meiner Milz. Na ja, ich glaube, sie lernen es gar nicht wirklich, ihnen wird bloß vorgeführt, wie es lange gemacht wurde und weiterhin gemacht werden könnte, wenn es denn keinen Strom mehr gäbe, sie vergessen es sicher bald wieder, tatsächlich untersucht wird dann doch nur mit dem Sonographen. Hier und da machen sie Striche mit dem Kugelschreiber, sie malen mir auf die Haut, und mir gefällt's. Höflich fragen sie immer wieder, ob sie hier und auch dort noch einmal dürften. Ich lasse sie, sonst werde ich ja kaum berührt, es zählen nur die Werte, das Heilen durch Handauflegen ist in dieser Klinik und überhaupt nicht mehr üblich. Ich mochte es, wie B. mich abtastete, abklopfte, abhorchte, jahrelang ging das so, einen ausgestreckten Zeigefinger auf der Bauchdecke, daneben geklopft. Was hat er da eigentlich gehört?

Als sie fort sind, betrachte ich die Markierungen um meinen Nabel herum, versuche, sie zu entziffern, kann aber nicht lesen, was sie da hinterlassen haben. Morgen, denke ich, wasche ich das ab, die Schrift verwischt jedoch schon früher, ein paar Spritzer Desinfektionsmittel, zweimal darübergerieben, und sie ist weg. Da fällt mir ein, daß mein Auftritt in jenem Hörsaal vor B.s Studenten noch ein Nachspiel hatte. Vier oder fünf Wochen später, es war schon Sommer und das Semester fast zu Ende, sprach mich eine rotblonde Frau im Café Savigny an und sagte, sie habe mich in der Vorlesung gesehen. Sie lachte und gab zu, daß es ihr fast ein wenig unangenehm sei, schon so viel über mich zu wissen, mir jedoch war das gar nicht unangenehm, im Gegenteil. Sie erzählte, daß sie in wenigen Tagen in die USA, in irgendeine Stadt im mittleren Westen, fliegen werde, um dort drei Monate in einem Krankenhaus zu arbeiten. Es kam noch, erinnere ich mich, zu einem Abschiedsausflug mit ihren Freunden in ein Kaff in Brandenburg, wir küßten uns hinter einer großen roten Backsteinkirche an einem See. Später hielt ich immer nach ihr Ausschau, bin ihr aber nie wieder begegnet.

43

Eine Schwester betritt das Zimmer, fühlt mir den Puls, mißt meinen Blutdruck. Mir kommt es vor, als gehöre mein Körper ihr. Ich überlege, wer im Laufe meines Lebens so alles an meinem Körper herumgefummelt hat: meine Mutter, mein Vater, alle Ärzte und Zahnärzte, mit denen ich zu tun hatte, Friseure und Friseusen, die, mit denen ich ins Bett gegangen bin, Personen des uneingeschränkten Vertrauens, die mir die Pickel auf dem Rücken ausgedrückt haben, neben denen ich schlafe, die Physiotherapeutin, die mir die Schulter massiert, das Kind, mit dem ich auf dem Teppich herumbalge. Das war's dann aber auch. Die meiste Zeit hatte ich mich ganz für mich allein. Der Körper aber, der hier im Krankenhaus behandelt wird, ist nicht mehr meiner. Ich habe ihn abgegeben, ich habe unterschrieben, ich lasse andere machen.

44

Auf Station bin ich der Jüngste, anderswo hat das aufgehört. Meine Bettnachbarn sind doppelt so alt wie ich, der Getränkehändler könnte mein Vater sein. Und für die Schwestern bin ich, das höre ich sonst nicht mehr oft, der junge Mann. Das aber, denke ich, ist wahrscheinlich bloß Berliner Ironie.

45

Mit fünfzehn, sechzehn war es eine meiner Lieblingsphantasien, mir meine eigene Beerdigung vorzustellen. Ich stellte mir vor, einen Bade- oder Bootsunfall zu inszenieren und zu verschwinden, der See, in dem ich ertrunken bin, so sollte es aussehen, gibt meine Leiche nicht mehr her. Schließlich werde ich nach vergeblicher Suche für tot erklärt, es heißt, meine Leiche liege in der tiefen Schlick- und Sumpfschicht am Grund des Laacher Sees. Während ich mich über Spanien nach Lateinamerika absetze, möchte ich, ein Widerspruch dieser Phantasie, unbedingt bei meiner Beerdigung dabeisein und aus einiger Entfernung und gut verkleidet beobachten, wie mein leerer Sarg beigesetzt wird.

46

Ich war sechzehn, vielleicht auch siebzehn, da behauptete B., ich hätte meine Medikamente nicht genommen, anders lasse sich die Verschlechterung der Werte – und Werte waren ja schon immer alles, sie waren und sind mein Leben – nicht erklären. Das stimmt nicht, ich habe die Medikamente sehr wohl genommen, sagte ich, aber so ganz glaubte ich mir meine Beteuerungen selbst nicht. Vielleicht hatte ich hier und da mal eine Tablette weggelassen? Und manchmal eine vergessen? Oder irrtümlich gedacht, sie schon genommen zu haben? Zuweilen habe ich vielleicht absichtlich die eine oder andere Tablette weggelassen, weil vom Cortison, Handelsname Urbason, schluckte ich es nicht schnell genug, immer dieser bittere Nachgeschmack im Mund blieb. Kann schon sein, daß ich mal eine weniger genommen oder nur eine halbe Tablette geschluckt habe, obwohl ich eine ganze hätte nehmen müssen, ich erinnere mich nicht genau, erinnere mich aber, daß ich damals oft lieber tot sein wollte als lebendig, weil ich mir das Totsein viel leichter vorstellen konnte als das Leben, dieses Leben, das vielleicht, vielleicht aber auch nicht, noch vor mir lag. Ich hatte ja keine Ahnung, was ich damit anfangen sollte. Und wo. Und mit wem. So viele, viel zu viele Möglichkeiten. Ich konnte mir viel leichter vorstellen, nicht mehr dazusein, als irgend etwas zu werden. Zu leben ist ja viel komplizierter, als tot zu sein.

47

Vielleicht bin ich bloß hier, damit mir alles wieder einfällt? Ich habe ja alle Zeit der Welt.

48

Ich bin dann mal von einem Baukran gesprungen, neunzig Meter in die Tiefe, hatte an den Füßen allerdings ein Gummiseil. Erst Katja, die damals meine Freundin war, dann ich. Wir sind wohl deshalb gesprungen, weil wir beide auf dem Absprung waren oder den Absprung suchten. Wohin Katja wollte, weiß ich nicht mehr, ich weiß nur noch, daß ich genug davon hatte, mit meinem Vater im Haus meiner toten Mutter zu wohnen, ich hatte keine Lust mehr auf die Schule, keine Lust mehr auf Bonn, ich hatte keine Lust auf gar nichts, mir hätte es gefallen, wenn alles kaputtgegangen wäre, ich hätte gern beobachtet, wie die Bundesrepublik zerbricht, ich hätte die Bundesrepublik gerne untergehen sehen. Die Bundesrepublik ging aber nicht unter, Helmut Kohl mußte nicht nach Argentinien ins Exil, statt dessen ging Honecker nach Chile, und die DDR verschwand, auch nicht schade, andersherum aber hätte es mich damals mehr gefreut.

Katja und ich fuhren also von Bonn nach Köln, der Kran, von dem wir springen wollten, stand auf einem großen, unbebauten Schotterplatz in Chorweiler, Hochhäuser drum herum, keine schöne Gegend, dafür eine mit ganz eigenem Reiz, der Baukran mit Ausleger ragte hundertfünf Meter in die Höhe, in einem Metallkäfig wurden wir hinaufgezogen. Oben angekommen, öffnete sich die Tür, und wir sollten springen. Wir glaubten, sowieso bald sterben zu müssen, der Atomkrieg, der nukleare Ernstfall, wie es hieß, stand ja unmittelbar bevor. Und da wir relativ sicher waren, daß die ganze Menschheit sich bald ausgelöscht haben würde, konnten wir ruhig schon mal mit der Selbstauslöschung anfangen. Sich den Atomtod, die Apokalypse und den nuklearen Winter auszumalen war einfacher, als sich Zukunft vorzustellen, welche denn bitte, es gab ja keine. Daß alles, was uns umgab, bald nicht mehr dasein würde, dieser Gedanke beruhigte und hatte etwas Tröstendes: Das alles war also gar nicht so wichtig, wir waren ja eigentlich schon tot, sieben-, acht-, neun-, zehnmal tot, wie hoch war der nukleare Overkill? Später hat sich dieses Gefühl verloren.

Und dann der Sprung. Daß wir dafür beide je hundert Mark bezahlten, damals sehr viel Geld, verstand niemand, dem wir davon erzählten, Drogen aber, sagten wir uns, waren ja auch nicht billig. Ich ließ mich fallen, keine Ahnung, wer oder was in mir sich dazu entschloß, vielleicht, der Gedanke kommt mir erst jetzt, bin ich Katja auch bloß hinterhergesprungen. Sie träumte davon, Terroristin zu werden, sie verabscheute Helmut Kohl noch mehr als ich und überraschte immer wieder mit neuen Attentatsplänen, sie wollte versuchen, ihn für ihre Schülerzeitung zu interviewen, wollte an einer Ampel vor dem Bundeskanzleramt zu ihm ins Auto steigen und ihn bei dieser Gelegenheit ermorden – und ich fiel. Ich fiel, und ich flog, ich flog durch die freieste Sekunde, die ich bis dahin erlebt hatte, ein Adrenalinstoß, wenn ich nur daran denke.

49

Ich schaue nach Süden, bis zum Fußende meines Bettes, die Decke ist hochgerutscht, ich sehe meine Zehen und zähle sie, als müßte ich überprüfen, ob noch alle da sind. Ich bin erleichtert, keiner ist mir abgefallen. Vor langer Zeit, erinnere ich mich, waren sie einmal blau lackiert. Ich zähle die Zehen ein zweites Mal und stelle mir vor, draußen liege der Pazifik und ich sei in einem Hotelzimmer in Acapulco wie im Jahr 1996 oder 1997, was hatte ich da wohl genommen? Eine Nacht und einen Tag lang kurvte in mir der Gedanke: Was hat das alles denn für einen Sinn, wenn ich ja doch jetzt sterben muß? Wozu bin ich dann überhaupt da? Wozu ist ein Mensch überhaupt da? Jeden Tag in all den Jahren habe ich ausgehalten, nur um in einem Hotelzimmer, ausgerechnet in Acapulco, zu sterben? Dabei war mir eigentlich klar oder hätte mir klar sein müssen, daß ich in dieser Nacht, niemand wußte, wo ich war, bestimmt nicht sterben würde, so schnell stirbt es sich nicht, mir war bloß heiß, und ich schwitzte und hatte großen Durst, gegen den kein Trinken half. Es war wohl mehr die Idee, die mich so beunruhigte und zugleich faszinierte, die Idee, daß ich am Pazifik sterben könnte. So weit weg.

50

Meint nicht fast jeder, schon mal fast gestorben zu sein? Das ist keine exklusive Erfahrung, im Gegenteil, es scheint zum Erfahrungsschatz eines jeden Erwachsenen oder Halberwachsenen zu gehören, mindestens einmal schon um ein

Haar gestorben zu sein. Ist das vielleicht ein Zeichen des Erwachsenseins?

Und es stimmt ja, meistens jedenfalls. Fast ein jeder ist schon beinahe überfahren worden, beinahe ertrunken, in einer großen Welle am Strand, in einem Fluß, beinahe wäre das Flugzeug, in dem er saß, abgestürzt oder mit einem anderen kollidiert. Selbst zu Friedenszeiten ist Leben im Rückblick bloß Überleben – ein Wunder, daß all die Menschen rings um einen herum noch da sind, beinah wären sie alle schon gestorben. Fast jeder hat so eine Geschichte zu erzählen, und viele halten es für ein großes Glück, überlebt zu haben, bis zu diesem Satz, jetzt, hier. Einmal über die Straße, ohne nach links und rechts zu schauen, einmal beim Fensterputzen nicht aufgepaßt, einmal im Auto die Augen zugemacht, für ein paar Sekunden, und es ist vorbei, Bäume oder Brückenpfeiler stehen überall.

51

Zum Beispiel Julia. Daß sie noch lebte, war ein Wunder, und sie teilte das auf geheimnisvolle, unbewußte Weise mit. Vom Kiffen beim Zelten mit dreizehn war sie übers Kokain zum damals viel zu leicht verfügbaren Heroin gekommen. Sie hatte es einfach wissen wollen, sie hatte gesucht, und Heroin war die große, die größte Erfüllung gewesen, es gibt nichts Größeres, gegen Heroin ist alles klein, danach kann nichts mehr kommen, nur noch mal Heroin. In ihrer schlimmsten Zeit schlief sie ein halbes Jahr in einem offenen Keller und fuhr tagsüber Straßenbahn, von einer Endstation zur anderen, selbstverständlich ohne Fahrschein, die Kontrolleure fragten sie schon nicht mehr, wußten längst, daß sie keinen Fahrschein hatte, wußten, daß es zwecklos gewesen wäre, sie darauf anzusprechen oder die Sache gar weiterzuverfolgen, eingesperrt worden wäre sie für ihr Schwarzfahren sowieso nicht. Vielleicht, sagte sie, hatten sie auch einfach Mitleid mit dem Junkie, der sie war.

Für ihren damaligen Freund stand sie bei Einbrüchen Schmiere, und sie half ihm, Diebesgut abzutransportieren, zwei- oder dreimal waren es Häuser, in denen frühere Mitschülerinnen mit ihren Eltern wohnten, Häuser, in denen sie schon einmal gewesen war, eventuell wußte sie sogar, wo ein Schlüssel für den Kellereingang lag – was einen Einbruch sehr vereinfachte. Teile der Beute, die meist gar nicht auf einmal abtransportiert werden konnte, versteckten sie in einem Gebüsch, später mußte sie wieder Trenchcoat und Seidenschal anziehen und, verkleidet als die höhere Tochter, die sie eigentlich ja war, nachsehen, ob ihnen nicht einer in die Quere kam.

Irgendwann lag sie nach einer Überdosis mit anschließendem Herzstillstand im Krankenhaus, um ein Haar, erzählte sie, sie hat das oft erzählt, wäre ich gestorben. Vier Tage lag sie auf der Intensivstation, dann aber, am fünften Tag, zog sie sich die Infusionsnadeln aus der Vene, mit Nadeln und Venen kannte sie sich aus, stand auf und verschwand, nicht ohne aus einem der offenen Schränke in einem der anderen Zimmer noch ein Portemonnaie mitzunehmen. Sie wußte, daß niemand ihren richtigen Namen kannte, Papiere hatte sie keine, und bis dahin war es ihr gelungen, so zu tun, als erinnere sie sich nicht daran, wie sie hieß. Sie hatte keine Krankenversicherung mehr und wollte vermeiden, daß ihre Eltern für diesen Krankenhausaufenthalt würden aufkommen müssen, eine zweifelhafte Rücksicht, hatte sie deren Konten doch schon mehrfach mit gefälschten Schecks geplündert. Eigentlich wollte sie bloß raus, sie brauchte Stoff.

52

Ganz anders ich mit meinen Anfällen von Selbstmitleid, meist nach dem Besuch der Spezialsprechstunde im Krankenhaus. Die Krankheit, von der ich sonst nicht viel oder gar nichts wissen wollte, an die ich nicht einmal dachte, wenn ich, völlig automatisiert, morgens, mittags und abends meine Medikamente nahm, stand dann plötzlich ganz groß da, unübersehbar. Ein-, zwei- oder dreimal im Jahr kam sie mit aller Gewalt zurück, baute sich auf und brachte die Einsicht, die Gewißheit: Ja, du wirst sterben, früher oder später, vielleicht in ein oder zwei Jahren, vielleicht auch erst in vier oder fünf. Vier Jahre aber sind keine lange Spanne mehr, die Zeit zwischen zwei Fußballweltmeisterschaften – früher, als Kind, eine kleine Ewigkeit – geht inzwischen schnell vorbei.

Mir ist, als schaute ich an diesen Tagen des Selbstmitleids hinter die Unsterblichkeitsfiktion, hinter den Vorhang, der vor dem Abgrund links und rechts von allem hängt: Eines Tages ist es aus, die Erde bekommt uns wieder, sie dreht sich trotzdem weiter, auch ohne uns.

53

B. hat mir immer vermittelt, es sei gar nicht so schlimm. Explizit hat er es nie gesagt, seine Botschaft aber war: Es geht dir, es geht Ihnen – irgendwann fing er an, mich zu siezen – noch ganz gut. Und mir ging es gut. Ich habe gemacht, was ich wollte, bin um die halbe Welt und in den Urwald gereist. Ich mußte bloß genügend Medikamente bei mir haben.

54

Vom Bett aus sehe ich das Kraftwerk am Kanal mit seinen Schornsteinen im Himmel, ich zähle sie, es sind noch immer vier. Ich könnte aufstehen, müßte bloß den Tropf abklemmen. Ich könnte aufstehen, mir den Bademantel überziehen, hinaus auf den Flur gehen, mit dem Aufzug hinunterfahren und den Ausgang suchen. Ich könnte das Klinikgelände durch den Südausgang verlassen, die Straße überqueren und auf die Föhrer Brücke oder auch bloß ans Ufer spazieren und mich ins Wasser stürzen. Ich könnte – ja, das Wasser ist kalt genug, in kaltem Wasser geht es schnell, dann aber fällt mir das Kind wieder ein, das morgens, wenn es aufwacht, immer lacht und so sehr da ist, für die Tochter sollte ich, ja möchte ich noch ein paar Jahre bleiben. Trotzdem, ich weiß nicht, warum, wäre ich heute lieber tot. Oder ein Regenwurm. In meinem nächsten Leben möchte ich einer sein.

55

Immer wieder höre ich: Sie müssen trinken, sehr viel trinken. Trinken wird im Krankenhaus zur Aufgabe. Haben Sie getrunken? Wie viele Becher? Die Anzahl der Becher wird notiert. Einmal in der Woche muß ich dann vierundzwanzig

Stunden lang abmessen und aufaddieren, wieviel Flüssigkeit aus mir herausfließt, hier wird Buch geführt über jeden Tropfen Urin, jeden Stuhlgang, jede Temperaturveränderung. Die Mappe, in der das alles festgehalten wird, heißt *Kurve*.

Schwestern und Pfleger spulen immer gleiche Kommunikationsroutinen ab, wieder und wieder läuft dasselbe Stück in wechselnder Besetzung, alles wurde so schon tausendmal gesagt, aufgeführt und wiederaufgenommen, das Stück, keine Änderung auf dem Spielplan, heißt «Station 22». Temperatur, Blut, Stuhl, jeden Morgen höre ich: Sie haben aber schöne Venen, da stechen wir doch gerne. Nur zu, stechen Sie doch, bitte, meine Arme gehören Ihnen. Am Abend, die diensthabende Ärztin hat leider nicht richtig getroffen, sitzt ein blaues Taubenei in meiner Armbeuge. Ich weiß schon, tut es beim Einstich nicht weh, ist schlecht gestochen worden.

56

Das Krankenhaus ist ein Geschichtenhaus, immer wieder neue Geschichten, jeder Patient bringt eine mit. Also höre ich zu, was bleibt mir auch anderes übrig, und lausche den mit der Zeit unaushaltbar werdenden Leidensgeschichten, was ich habe, wie ich leide, wo ich damit schon gewesen bin, was die Ärzte gemacht, was sie nicht gemacht und was sie falsch gemacht haben. Und wer dann doch geholfen hat. Ich höre den Patientenchor, den Chor der Transplantierten: Ich hatte schon zwei Bauchspeicheldrüsen – ich habe jetzt meine dritte Niere, meine erste Niere hielt zwei Jahre, die zweite einen Monat, jetzt die dritte, wenn es diesmal nicht klappt, mache ich Schluß, keine Dialyse mehr, nie mehr Dialyse, das habe ich mir geschworen – ich hatte eine Wanderniere, die war ein Klumpen unter meinem Nabel – ich bin zum neunten Mal hier und war schon zweimal tot, der Krebs hat sich durch die Bauchspeicheldrüse gefressen, und dann haben sie mir die halbe Leber weggeschnitten – mich haben sie schon viermal aufgemacht, die Wunde will nicht heilen – morgen komme ich raus – vielleicht komme ich übermorgen raus, übers Wochenende werden sie mich wohl nicht dabehalten – vielleicht darf ich nächste Woche nach Hause – eine Woche vielleicht noch – noch zwei oder drei Wochen – noch ein paar Tage. So höre ich sie singen und singe selbst, das bleibt nicht aus, längst mit. Ich kann bald alle Strophen.

57

Und, was hat dich hierhergebracht? Komm, neuer Bettnachbar, erzähl mir deine Geschichte. Und meine eigene, wie geht die? Was, wenn sie hier zu Ende ist? Plötzlich, ich liege ja bloß herum und habe Zeit, viel Zeit, darüber nachzudenken, sehe ich von hier aus so etwas wie ein Leben. Mußte es erst fast vorbei sein, um das zu bemerken?

Dem neuen Bettnachbarn könnte ich auch eine ganz andere Lebensgeschichte erzählen, in zwei, drei Sätzen, schnell zusammengefaßt. Dem nächsten Bettnachbarn, wenn er denn fragt, erzähle ich wiederum eine andere. Und danach, beim übernächsten Mal, auch.

Eine Schwester kommt ins Zimmer und sagt, ich müsse zum Röntgen. Schon wieder? Wurde ich nicht schon oft genug durchleuchtet? Haben die Ärzte mich noch immer nicht durchschaut? Die Mottenfraßnekrose? Die portale Hypertension? Der Transport schiebt mich aus dem Zimmer über den Flur in den Aufzug hinein, es geht ins Untergeschoß und durch schwachbeleuchtete Gänge zur Radiologie.

Im Röntgenraum reicht die Ärztin mir einen Hohlkörper aus gummiartigem Kunststoff und sagt, ich solle ihn über meinen Hodensack stülpen. Stopfen Sie aber nur die Hoden rein, sagt sie und läßt mich machen, die Keimdrüsen werden so vor den Strahlen geschützt. Ich glaube ihr, ich muß ihr glauben da auf dem Tisch im Halbdunkel, und mich überfällt eine Ahnung davon, wie sensationell es einst gewesen sein muß, Ende des neunzehnten Jahrhunderts, als die ersten Röntgenbilder aufgenommen wurden und der menschliche Körper, das per se Dunkle, sich auf einmal durchleuchten ließ, das Nichtdurchsichtige durchsichtig wurde.

Die Röntgenärztin, deren Gesicht ich gar nicht richtig wahrgenommen habe, hantiert an dem an der Decke montierten Gerät herum, verändert Einstellungen am Schwenkarm mit Kamerakopf, wie ein Industrieroboter ragt der in den Raum. Ich fürchte es nicht wirklich, stelle mir aber vor, daß dieser Arm sich selbständig machen und uns beide, die Ärztin und mich, mit höchster Strahlendosis auf Dauerfeuer erledigen oder auch einfach erschlagen könnte. Zu dem Keimdrüsenschutz reicht die Radiologin mir noch eine Bleischürze – all diese Schutzrüstungen erinnern mich daran, wie gefährlich es ist, sich röntgen zu lassen. Röntgenstrahlen sind Todesstrahlen, muß ich nun denken, und die Bilder, diese seltsamen, halbtransparenten Folien, werden mich gleich als das Gespenst zeigen, das ich vielleicht schon bin, ja, Röntgenbilder müssen so etwas wie vorweggenommene Totenbilder sein, verraten sie in all ihrer diffusen Deutlichkeit doch, was eigentlich erst nach der Verwesung zu sehen wäre. Wenn überhaupt.

59

Einmal, erinnere ich mich, ich war fünf, fast sechs Jahre alt, bin ich beim Rollschuhfahren gestürzt, ich rutschte nach hinten weg und fiel auf den rechten Arm, der dabei abknickte. Ich rollte nach Hause, um den Arm, er tat inzwischen weh, meiner Mutter zu zeigen. Sie schickte mich in den Keller, ein kurzes Brettchen holen, so lang, sagte sie und hielt ihre beiden Handflächen etwa zwanzig Zentimeter auseinander. Ich wußte nicht, was sie damit wollte, brachte ihr aber eines dieser Brettchen, wir hatten Hunderte davon im Heizungskeller liegen, Abschnitte von den Profilholzleisten, mit denen die Wände in der Sauna und im Spielkeller verkleidet worden waren, sie warteten darauf, nach und nach im Kamin verfeuert zu werden. Meine Mutter legte meinen rechten Unterarm auf das Brettchen und umwickelte beides mit einer Mullbinde. Als die erste Mullbinde abgerollt war, wickelte sie mit einer zweiten weiter, so schiente sie mir den Arm. Dann nahm sie die Autoschlüssel vom Schlüsselbord, ging mit mir zu ihrem Wagen, schnallte mich, was ich einarmig nicht mehr konnte, auf der Rückbank an und fuhr mit mir zum Röntgenarzt, dessen Praxis gleich neben meiner späteren Schule lag. Schüler, die sich im Sportunterricht verletzten, hatten es nie weit dorthin, von der Turnhalle waren es nur ein paar Schritte. Bloß verstaucht, so lautete die Diagnose in den meisten Fällen, an diesem Abend jedoch hieß es, mein Arm sei gebrochen. Ich bekam einen Gips und trug ihn drei Wochen; im ersten Moment fühlte es sich feucht und warm an auf der Haut, später juckte es nur noch.

60

Und schon wieder kommt ein Tablett mit Essen. Entweder warte ich ungeduldig und viel zu lange, oder es kommt zu früh. Sich über das Essen zu beklagen gehört zur Krankenhausfolklore, zu sagen, das hat aber gut geschmeckt, ist für die Schwester eine solche Sensation, daß sie es gleich in die Küche hinuntertelefonieren möchte. Sie sagt: Da freut sich der Koch, so was hört der nicht alle Tage.

61

Später heißt es wieder: Zur Waage, wiegen Sie sich, Herr W., gehen Sie doch bitte zur Waage.

Will ich ja, würde ich ja, aber der Weg zur Waage ist so weit, ich schaffe das nicht. Behaupte ich, dabei bin ich bloß zu faul.

Zur Waage zu gehen, jeden Morgen, das ist meine Aufgabe, dazu bin ich verdonnert. Allerdings habe ich längst durchschaut, daß es den Schwestern nur darauf ankommt, mich zu mobilisieren. Es gilt, die Patienten so früh wie möglich zu mobilisieren. Wieviel ich wiege, interessiert gar nicht so sehr.

Und wieder nicht zugenommen.

Und dann liege ich auf meinem Bett, denke in mir herum und einmal quer hindurch. Und verirre mich in mir.

62

Die Nachtschwester wünscht gute Nacht, ich aber weiß schon, daß ich wieder lange nicht einschlafen werde. Mein Bettnachbar stöhnt, wälzt sich aus dem Bett, steht auf und wankt zur Toilette, acht- oder neunmal in der Nacht, was mich jedoch nicht stört. Ich liege nicht mehr hier im Bett, ich sitze in einem Nachtbus, der auf einer Straße durch Mexiko rollt, auf dem Weg nach Mazatlán in Sinaloa, eine Hafenstadt am Pazifik, Glorias Großvater wohnte dort, in einem luftigen, leicht heruntergekommenen Haus aus den dreißiger Jahren, gleich am Meer. An den Wänden im Flur und im Wohnzimmer hingen Aufnahmen seiner Stiere und Plakate der Corridas, an denen er teilgenommen hatte, sein Name stand immer an erster oder zweiter Stelle, er muß ein in Mexiko bekannter Stierkämpfer gewesen sein. Ich schlief in einem Gästezimmer, Gloria, die, obwohl überhaupt nicht dick, von allen nur La Gorda genannt wurde, schlief mit ihrer Mutter in einem anderen Teil des Hauses, ihr Vater, der in Mexiko-Stadt geblieben war, durfte von meiner Anwesenheit nichts wissen. Vormittags gingen wir an den Strand, mittags aßen wir frische Krabben mit Chili und Zitrone in einer der Strandhütten, die aussahen, als wären sie aus Treibholz gezimmert worden, tranken Kaffee oder frische Kokosmilch aus einer Kokosnuß, die der Strandhüttenmann mit einer Machete geöffnet hatte, Glorias Großvater freute sich über Gebäck aus der Pastelería. Jahre später, Gloria war verheiratet und hatte zwei Kinder, erzählte sie mir, er habe noch lange nach mir gefragt.

63

Es wird hell, und ich sehe die Gesunden frisch geduscht zur Arbeit eilen, die nicht Ausgeschlafenen und Morgenmüden, sie spazieren vorbei, schreiten aus oder trödeln. Die Schwester kommt ins Zimmer und sagt, guten Morgen, haben wir schon Temperatur gemessen? Das sagt sie in jedem Zimmer, jeden Tag.

64

In einem anderen Nachtbus kam ich nach Guanajuato, die für ihre Silberminen und Mumien bekannte Stadt. Ich hatte mir eine mexikanische Literaturgeschichte gekauft, eine Art Schulbuch, in dem ich während des Abendessens auf der Plaza den Abschnitt über die Nonne und Dichterin Sor Juana Inés de la Cruz und den über Juan Ruolfos *Pedro Páramo* las. Ich genoß das Gefühl, daß niemand in Europa wußte, wo ich war.

Das Hotel, in dem ich mich einquartiert hatte, war in den zwanziger Jahren des zwanzigsten Jahrhunderts für die Minengesellschaft erbaut worden, seitdem hatte sich dort kaum etwas verändert, die Armaturen im Bad, die Lampen und Möbel stammten noch aus dieser Zeit, der eine der beiden Wasserhähne über dem Waschbecken ließ sich nicht mehr zudrehen, das Wasser lief Tag und Nacht. Zweimal besuchte ich das Museum mit den Mumien, das Glorias Großvater mir empfohlen hatte, oben auf einem Berg inmitten eines Friedhofs, noch viel höhere Berge drum herum. Bei den Mumien in diesem Museum handelte es sich im strengen Sinne gar nicht um Mumien, sondern um ehedem normal bestattete Leichen, die in dem trockenen, mit Silbersalzen gesättigten Boden einfach nicht hatten verwesen können, sie waren bloß ausgetrocknet, die Erde hatte sie so, wie sie bestattet worden waren, fixiert und imprägniert. Die jüngsten Toten, die aufrecht stehend hinter Glas gezeigt wurden, waren vor knapp vierzig, die ältesten vor hundertfünfzig Jahren gestorben. Alle waren sie nackt, weil die Kleider sich zersetzt hatten, nur die beiden jüngsten Toten trugen noch Socken – sie bestanden aus Kunstfaser und waren daher nicht verrottet.

65

Ich habe, das muß mir nun natürlich einfallen, auch meine Mutter noch einmal gesehen, in der Leichenkammer des Krankenhauses, in dem sie gestorben ist. Sie lag auf dem Tisch, ein Körper, der mir kleiner vorkam, als ich ihn in Erinnerung hatte, besonders ähnlich sah er meiner Mutter nicht, mir schien, als wäre sie geschrumpft. Mein Vater war mit mir in dieses Krankenhaus gefahren, mindestens eine Autobahnstunde von unserem Zuhause entfernt, ein Klinikmitarbeiter hatte uns im Tiefgeschoß durch ein Labyrinth von Gängen geführt, hatte uns die Tür zur Leichenkammer aufgesperrt, den entsprechenden Tisch gezeigt und das Tuch, das über meiner Mutter lag, zurückgeschlagen. Und war gegangen. Und da stand ich nun, zwölf Jahre alt, ein Junge in einem blauen Dufflecoat vor der Leiche seiner Mutter, und ich dachte, das kann nicht meine Mutter sein, die Sachen, die sie anhat, sind ihr viel zu groß. Ich weiß, daß noch mindestens zwei weitere Tote in diesem Raum lagen, unter ihren Leichentüchern waren von ihnen nur Umrisse zu sehen. Den höchsten Punkt, den Gipfel ihrer Leichentuchzelte, bildeten die Nasen.

66

Ein Arzt kommt mit Studierenden ins Zimmer, er war gestern schon da und hat mein Einverständnis eingeholt. Ich soll noch einmal erzählen, wie alles anfing: Kurz vor ein Uhr in der Nacht komme ich aus dem Café Haliflor nach Hause, Christiane fährt mich, obwohl es nur ein paar Meter sind, bis vors Haus, ich bleibe noch im Auto sitzen, sie erzählt von der Idee zu einer Soloplatte, schließlich verabschieden wir uns, ich steige aus, winke ihr hinterher und gehe hinauf in die Wohnung, setze mich in die Küche, löffle, nur weil ich Heimkehrhunger habe, Apfelmus und habe plötzlich ein sonderbares Gefühl im Hals. Ich gehe ins Bad, beuge mich zum Wasserhahn, will einen Schluck trinken und spüre, daß ich mich übergeben muß – aber so ausführlich erzähle ich es den Studierenden natürlich nicht, ich fasse mich kürzer, erwähne das Blut, das in die Wanne –

Danke, bis hierher erst einmal, unterbricht mich der Arzt,

heute in der Dozentenrolle. Und fragt in die Runde: Was ist denn da passiert?

Stille, Zögern, Schülerschweigen, ich kenne das noch. Bis eine Studentin die Hand hebt und sagt: Handelt es sich um eine Blutung der Varizen?

Ich bin erleichtert. Auch diese angehende Medizinerin, dunkle Haare, Lippenstift, ihr Mund gefällt mir, hätte gewußt, was zu tun ist, hätte mir Kochsalzlösung gegeben, hätte mich gerettet. Und sie weiß auch, daß mir in diesem Stadium, Child Pugh B, nur eine Transplantation noch helfen kann.

Die anderen fragen nach: Hepatitis C?

Nein, Autoimmunhepatitis, sage ich, chronisch-aggressive Autoimmunhepatitis.

Die kriegen sie nicht so oft zu sehen.

67

Apfelmus. Eigentlich mag ich Apfelmus gar nicht, meist ist es viel zu süß. Wie gut, daß Apfelmus nicht meine letzte Mahlzeit war. Irgendwann, ich war noch ein Kind, habe ich zu meiner Mutter gesagt, wir aßen gerade eine Tomatensuppe: Eine Tomatensuppe soll das letzte sein, was ich in meinem Leben esse. Woran ich nun immer denken muß, wenn es irgendwo Tomatensuppe gibt. Seither esse ich keine Tomatensuppe mehr, ja ich gebe zu, ich habe Angst vor Tomatensuppe, ich versuche, es zu vermeiden, Tomatensuppe zu essen, nenne sie dünne Tomatensauce oder esse nach Tomatensuppe immer ganz schnell noch etwas anderes. Tomatensuppe zu essen ist mir zu gefährlich, denn meine Mutter war gar nicht lange nach unserer letzten gemeinsam gegessenen Tomatensuppe tot.

68

Ich sehe einen Gartentraktor, der einen Anhänger voller Standaschenbecher hinter sich herzieht, spitz auf spitz übereinandergesetzte Doppelkegel. Rauchen erdrückt, stand früher auf den Plakaten der Krankenkasse. Eigentlich erdrückt ein Raucher aber nur die Stummel seiner Zigaretten. Die Standaschenbecher aus grauem Eternit oder einem ähnlich altmodischen Material sind wohl, das kann ich von hier oben gerade so erkennen, für den anbrechenden Raucherfrühling mit frischem Sand gefüllt worden.

Sonne und Schatten im Krankenhauszimmer.

69

Mein Bettnachbar fängt unvermittelt an zu erzählen: Vor fünfzig Jahren habe er hier mit dreißig Mann in einem Saal gelegen, die Schwestern hätten Mullbinden zum Aufrollen verteilt, das Verbandszeug sei damals noch gewaschen und wiederverwendet worden, so hätten sie immer was zu tun gehabt. Heute lande ja alles, aber das sei ihm auch lieber so, im Müll. Dann schläft er ein, er schnarcht, mich aber stört das nicht. Ich habe abgelegt, ich treibe auf meinem Floß, ich bin meine eigene Insel, drifte über meinen Ozean, weit weg ins Archipel Irgendwo, Kreuzfahrt durchs Ich und dieses Krankenhaus.

70

Wie viele Tage liege ich schon hier? Ich hätte Striche an die Wand machen sollen. Vier nebeneinander, einen fünften schräg hindurch. Die Schwester sagt, es gebe Patienten, die ihren halben Hausrat mitbringen, sie sagt das so, als mache sie sich darüber lustig. Manche benutzen ihre eigenen Kopfkissen und Handtücher, ich habe nicht einmal einen eigenen Schlafanzug dabei, den müßte ich ja waschen. Ich mag die Nachthemden, jeden Tag ein frisches, ich bin das Nachthemdgespenst, aufrecht im Bett, nur die Nachtmütze fehlt.

71

Ich hätte gern eine kleine Lampe. Das Licht über dem Bett ist zu hell, ich möchte meinen Bettnachbarn nicht wecken. Also höre ich Radio, das Nachtkonzert der ARD, später, bis mir auffällt, daß ich einen Beitrag höre, den ich schon tagsüber gehört habe, BBC World Service, der Mond scheint durchs Fenster, sieht aus wie auf einem Gemälde von Caspar David Friedrich. Unglaublich, denke ich, jemand ist mal bis zum Mond geflogen. Eines Tages wird es heißen, das sei ein Märchen.

Plötzlich, es ist drei Uhr, landet ein Hubschrauber in der Idylle, nachts hören Hubschrauber sich noch viel lauter an als am Tag. Dann ist es fast wieder still, Sterne leuchten, ich kann nicht schlafen und höre, wie ein Infusionsständer über den Flur geschoben wird.

Ich schlafe vielleicht doch noch ein.

ALS DIE KINDER SCHLIEFEN

Noch zwei-, drei-, vier-, fünfmal werden mir neue Gummiringe über die Krampfadern in der Speiseröhre gelegt. Immer wieder wird mir der biegsame Metallschlauch durch den Beißring in die Speiseröhre geschoben. Ich muß diesen Schlauch schlucken, dabei stoße ich auf, Luft entweicht aus dem Magen, und der Würgereiz, der dauernde, nur schwer zu unterdrückende Würgereiz setzt ein. Dann aber, zum Glück, meist auch die Betäubung. Es schläft sich so schön mit Propofol.

72

Ich schlafe und werde schlafend zurück in mein Zimmer gefahren, ich schlafe mich aus. Abends, aufgewacht aus meinem Narkoseschlaf, sitze ich in dem Aufenthaltsraum mit der Glaswand zum Gang. Ich trinke Wasser aus einem Tetrapack und esse Zwieback, der Zwieback wird in meinem Mund zu einem weichen süßen Brei, der mir schmeckt, als wäre er Manna. Meine Ansprüche sind gesunken, schlucken tut noch weh.

Während ich mir Zwieback aufs Nachthemd krümle, schaue ich auf den kleinen Fernseher, der auf dem Patientenkühlschrank steht. Ich sehe einen Film, vermutlich von Dario Argento. Hin und wieder geht eine der Schwestern über den Gang, eine von ihnen winkt, irgendwo steht die Tür zu einem Krankenzimmer offen, alle zwei, drei Minuten höre ich ein grunzendes Stöhnen, ein Stöhnen, das erst in ein leises Jaulen, dann in ein Wimmern übergeht. Eigentlich paßt das ganz gut zu dem Film, auch wenn ich ihm nicht wirklich folgen kann. In den Werbepausen schalte ich um zu *Halloween Resurrection*, ein

Patient in einer psychiatrischen Klinik dreht durch und fängt an, die Wärter niederzumetzeln. Die Schreie aus dem Fernseher und das Gewimmer, das über den Flur zu mir dringt, beunruhigen mich nicht. Ich bin noch gar nicht richtig wach.

Eine große kräftige Frau kommt herein, schiebt ihren Tropfständer in meine Richtung. Ob sie sich zu mir setzen dürfe? Noch bevor ich *Ja bitte* sagen kann, hat sie schon Platz genommen und erzählt ihre Geschichte. Ich höre ihr zu oder auch nicht, während ich auf den Bildschirm starre, schöne, aufregende, ineinander verlaufende Farben, ich sehe hauptsächlich die Farbe Rot, noch ist Propofol in meinem Blut. Ich höre eine Jammerstimme jammern, sie kommt aus dieser ungetümen Frau, der Riesin neben mir, sie warte, sagt sie, auf ihre zweite Leber beziehungsweise, rechne sie ihre eigene mit, auf ihre dritte. Sie holt weit aus, erzählt von den Nachbarn, die sie nicht mögen, dem Arzt, der sie nicht versteht, und dem Freund, der sie verlassen hat, weil sie so fett geworden ist.

Außerdem erzählt sie die Geschichte von einem Mann, der seit langem auf eine Niere wartet, zu Hause aus dem Küchenfenster schaut und gegenüber einen Krankenwagen stehen sieht – der Nachbar hat sich umgebracht, erfährt er. Angeblich wird er zwei Stunden später angerufen und darüber informiert, daß es ein passendes Organ für ihn gebe. Seitdem glaubt er, die Selbstmörderniere seines Nachbarn in sich zu haben.

73

Auf dem Flur nicken wir Patienten uns zu. Wir sind einander morgenmantelbekannt. Ich sehe, was Patienten so am Leibe tragen. Es gibt Privatschlafanzug- und Krankenhausnachthemdträger. Und es gibt Patienten, die in Jogginghosen oder Trainingsanzügen auf oder in den Betten liegen, weil sie jede halbe Stunde rauchen gehen müssen. Nach und nach lerne ich zu unterscheiden, daß es schlechtes Aussehen Richtung Besserung und schlechtes Aussehen Richtung Ende gibt. Mir selbst kann ich leider nicht ansehen, wohin mein schlechtes Aussehen tendiert. Vor dem Spiegel bin ich blind.

74

Mein neuer Bettnachbar, ein Bauarbeiter, spricht nicht viel. Er war schon oft im Krankenhaus. Einmal, ich weiß gar nicht, warum oder wie ich darauf gekommen bin, sage ich, Krankenhaus sei immer noch besser als Gefängnis. Er stutzt, ich merke, daß er einen Augenblick lang überlegt, dann fängt er an zu erzählen: von seinen zwei Jahren in einem DDR-Gefängnis, eine dumme Geschichte nach einer Schlägerei in der S-Bahn, die ihm und seinen beiden Freunden politisch ausgelegt wurde, zwei Jahre Knast. Zwei Jahre zu dritt in einer Zwei-Mann-Zelle. Ohne Klo, nur mit einem Kübel, der bloß einmal am Tag, abends, geleert wurde. Als er wieder rauskam, kurz vor dem Mauerbau, ging er rüber, ich habe noch Glück gehabt, sagt er, großes Glück. Ein Jahr länger, und ich wäre noch mal achtundzwanzig Jahre eingesperrt gewesen. Er sagt natürlich *jewesen*.

Dann hat er als Bauarbeiter angefangen, im Winter auch als Taxifahrer gearbeitet, aber gebaut wurde ja viel in West-Berlin. Wir haben immer gut verdient, schön Schlechtwettergeld, Berlin-Zulage. Is nicht mehr. Er hat am Kottbusser

Tor mitgebaut, hat im NZK, im Neuen Zentrum Kreuzberg, den Estrich verlegt, einem Komplex, den ich früher für besonders häßlich hielt, die Umdeutung dieser Bauten hat aber schon begonnen. Ich sage ihm, daß diese Gebäude auf ihre Art nun wieder schön gefunden würden, ja daß es dort Clubs und Bars gebe, das Möbel Olfe zum Beispiel, benannt nach der alten Leuchtschrift auf dem Dach, das West-Germany, den Südblock und die Paloma Bar.

Jahrgang 1930. Er erzählt, das aber nur auf Nachfrage, auch vom Kriegsende in Berlin, vom Bombenkrieg und von den Bunkernächten, erzählt von seinem Onkel, der mit geplatzter Lunge im Luftschutzkeller saß, sah aus, sagt er, als ob er schlafen würde, dabei war er tot. Im März 1945 hat er sich dann freiwillig gemeldet, als Hitlerjunge, hat die letzte Festung S-Bahn-Ring mitverteidigt, zwei seiner Klassenkameraden sind noch gefallen, der eine an der Schönhauser Allee, der andere im Friedrichshain, er aber ist auf wundersame Weise davongekommen.

75

Zwei Männer liegen in einem Zimmer, nichts passiert. Hin und wieder unterhalten sie sich, Gequatsche. Einer erzählt von früher, weil er schon sehr viel Früher hinter sich hat, erzählt vom Kriegsende in Berlin. In regelmäßigen Abständen schauen Frauen herein und fragen nach der Beschaffenheit des Stuhls, ob die Essenskarten ausgefüllt und die Medikamente eingenommen wurden. Vielleicht ist das absurdes Theater.

76

Ich kann nichts tun, ich muß nichts tun, hier bin ich das Kind, ich darf, ich soll, ich muß, ich kann nur liegen. Brauche ich etwas, läute ich, halten meine Wünsche sich im Rahmen, werden sie erfüllt. Sonst, draußen in der Wirklichkeit, funktioniert das nicht so gut.

77

Der Baum vor dem Fenster hat kaum noch Blätter. Unten fährt eine Kehrmaschine vorbei, Rotationsbürste vorn, sie fegt das Laub vom Gehweg. Die Blätter der Kastanien müssen bei fünfundsechzig Grad kompostiert oder mit einer Schicht von mindestens zehn Zentimetern Erde bedeckt werden, sonst überleben die Larven der Miniermotte den Winter. Höre ich meinen Bettnachbarn sagen.

Später unterhält er sich mit der Stationsschwester über Gartenbaubetriebe, Baumarbeiten und Laubsammeln. Vierundzwanzig Säcke Laub habe sie aus ihrem Garten abfahren lassen, sagt die Stationsschwester. Das hört sich an wie Angeberei.

Ein Vogel landet auf einem der sehr dünnen Äste in der Krone. Ohne Blätter sehen Bäume so zerbrechlich aus, merkwürdig, daß der Zweig, auf dem der Vogel sitzt, nicht bricht. Was ist das eigentlich für ein Vogel? Eine Krähe?

78

Ich liege in einem riesigen Raumschiff, die Schwestern sind gutprogrammierte Pflegeroboter. Aber wenn Roboter sich schon so gut programmieren lassen, wozu braucht das Raumschiff dann uns? Sind wir Patienten-Passagiere nicht längst überflüssig? Wozu werden wir am Leben erhalten, gefüttert und gewaschen? Warum werden wir nicht eingeschläfert wie der kranke Hund unserer Nachbarin – damals, als das passierte, ich war sechs Jahre alt, hörte ich das Wort zum ersten Mal. *Einschläfern*, das fiel mir schon als Kind auf, klingt viel seriöser und rücksichtsvoller als *töten*.

79

Die Tür zum Schrank steht einen Spalt offen, ich sehe meine braune Reisetasche. Oft war ich mit ihr unterwegs, vielleicht war auch sie mit mir unterwegs, jedenfalls habe ich sie weit getragen, sie war in Italien, Spanien und Frankreich, immer über meiner Schulter.

Was habe ich eigentlich dabei? Ich war schon lange nicht mehr am Schrank. Wieso aber steht die Schranktür offen? Bin ich doch dort gewesen, oder hat sich jemand am Schloß zu schaffen gemacht? «Schlüssel bei Entlassung bitte steckenlassen», steht auf dem Schild, das an der Schranktür klebt. Ich habe es schon oft gelesen, will es nie wieder lesen, will es nie wieder lesen müssen, aber alles, was irgendwo geschrieben steht, muß ich lesen, oft sogar laut, ein Reflex, der sich nicht abstellen läßt.

Ja, ich werde ihn steckenlassen, den Schlüssel. Ich möchte gar keinen Krankenhausschrankschlüssel mit nach Hause nehmen. Im Schrank gibt es ein kleines Schließfach für Wertgegenstände, in ihm liegt mein Portemonnaie, das ich hier nicht brauche. Verlasse ich das Zimmer, schließe ich auch den iPod und das Telefon ein, es werde leider nicht selten gestohlen, warnt die Schwester. Es sei auch schon vorgekommen, erzählt der Bauarbeiter, daß ein Schlüsselbund vom Krankenhauspersonal entwendet und eine Wohnung in aller Ruhe ausgeräumt worden sei. Und wie zur Bestätigung liest er mir zwei Tage später etwas aus der Zeitung vor:

> Drei Jahre Haft erhielt ein 37jähriger Wiener Stationsarzt, der nach Dienstschluß in Patientenwohnungen eingebrochen war. «Ich habe schon in meiner Studienzeit gepokert, die Einsätze wurden immer höher», sagte er im Prozeß. Um weiterspielen zu können, entwendete er Wohnungsschlüssel, fand er keinen, benutzte er Brecheisen. Er stahl Schmuck, Bargeld, Goldbarren, Kreditkarten und Münzen und wurde erst gefaßt, als er in eine Wohnung eindrang, in der sich eine Person befand. Er versuchte zu fliehen, wurde jedoch überwältigt.

Wo ist eigentlich mein Schlüsselbund? Ich habe ihn schon länger nicht gesehen. Liegt er im Schrank? Im Schließfach? Sonst hatte ich ihn jeden Tag mehrmals in der Hand.

80

Gern würde ich jetzt unten, gleich am Wasser, den Treidelpfad entlangwandern, am Kraftwerk vorbei und unter den neuen, hohen Eisenbahnbrücken hindurch, die zum Hauptbahnhof führen, immer am Kanal entlang, unter den Hochspannungsleitungen oberhalb des grünen, dichtbewachsenen Uferpfads hinter der Föhrer Brücke, am grüngrau gestrichenen Schienenkran vorbei, der Kohle aus den Lastkähnen baggert, über die Lochgittergalerie, durch Schwärme von Spatzen und unter wuchernden Ahorn- und Götterbäumen, Birken und Traubeneichen hindurch bis zur Pankemündung, die genaugenommen nur ein Nebenarm der Panke ist, malerisch treibt in ihrem Vorhaltebecken der Müll. Prometheus aber liegt gefesselt auf seinem Stein, der Adler fliegt herbei, stößt herab und frißt von seiner Leber.

81

Einer, der diese Woche neben mir liegt, sagt kein Wort. Er sagt morgens nicht guten Morgen und abends nicht gute Nacht, ich sage auch nichts mehr. Ich kann nicht behaupten, daß mich das wirklich stört, es ärgert mich kurz, ist mir dann aber egal. Jeder ist in seiner eigenen Welt.

82

Wann habe ich sonst mit mir völlig unbekannten Menschen in einem Zimmer geschlafen? In einem Hostel in New Orleans? In einer Jugendherberge in Straßburg? Ich erinnere mich an einen Schwätzer, der mir die halbe Nacht Geschichten erzählte, erinnere mich an einen Chilenen in Chicago, der mich in Berlin besuchen kommen wollte, erinnere mich an Nachtzug-, Nachtflug- und Nachtbus-Bekanntschaften. Und damit auch an die blonde Südafrikanerin, die ich in Oaxaca kennenlernte, wir waren zu viert unterwegs, eine Französin aus Lille, ein Amerikaner aus Oregon, die weiße Südafrikanerin, die in London wohnte, und ich. In San Cristóbal de las Casas mieteten wir uns Pferde, gingen reiten und warteten, ja hofften eigentlich sogar darauf, von Zapatistas überfallen zu werden, wir hätten unseren Beitrag zur Revolution, die sogenannte Revolutionssteuer, gerne entrichtet. Der Subcommandante Marcos mit schwarzer Gesichtsmaske und Pfeife war damals ein Popstar, der Bewunderer aus der ganzen Welt in die Selva Lacandona lockte. Wir wurden dann allerdings nicht überfallen, nur zweimal vom mexikanischen Militär kontrolliert. Nach drei Tagen in San Cristóbal setzten wir uns in den Bus nach Palenque, wanderten zwei Tage durch die Ruinen, bevor wir zu den Wasserfällen von Agua Azul fuhren, ein gutes Stück mußten wir durch den Urwald laufen, türkisfarbenes Wasser hatte ich so noch nicht gesehen. Die Südafrikanerin, sie hieß Saskia, lackierte mir die Fußnägel blau, sie war aus irgendeinem Burenkaff in Transvaal nach England geflüchtet, wir sprachen Englisch, ihr Tagebuch und ihre Gedichte aber schrieb sie in Afrikaans. Immer wenn ich ihr Sommersprossengesicht ansah, hatte ich dieses Hier-und-jetzt-Gefühl, jetzt war sie hier, in diesem Augenblick, an diesem Ort, irgendwo in Mexiko, ich hätte, tausend Zufälle, doch auch anderswo sein können, wir aber waren uns hier begegnet. Es mußte also, das dachte ich damals noch, etwas bedeuten.

83

Der Transport schiebt mich wieder über Flure, die auf ein Stück Mullbinde gefädelten Schlüssel zum Schrank und zum Schließfach liegen unter meinem Kissen. Ich könnte sie mir wie ein Freundschaftsbändchen ums Handgelenk binden oder sie wie die iranischen Kindersoldaten bei mir tragen, die, als sie in den Iran-Irak-Krieg ziehen mußten, billige, aus Blech gestanzte Schlüssel an einer Halskette hängen hatten. Sie sollten glauben, diese Schlüssel öffneten die Pforten zum Paradies. Daran erinnere ich mich nur, weil meine Mutter mir das damals, während des Ersten Golfkriegs, erzählte. Sie wollte mir wohl vermitteln, wie gut es mir ging. Als Zehn- oder Elfjähriger habe ich das allerdings nicht verstanden.

84

Ich muß in den Magnetresonanztomographen. Es soll wieder einmal nach der Leber gesehen werden, nach der Mottenfraßnekrose und dem Schatten im Gewebe, einem noch nicht sehr großen schwarzen Punkt, von dem ich weiß, seit B. mir eines Tages eröffnete, daß bei der letzten der regelmäßig durchgeführten Kontrollsonographien eine Anomalie im Lebergewebe entdeckt worden sei. Das könne, sagte er, ein hepatozelluläres Karzinom sein, ganz sicher lasse sich das bei einer von Zirrhose bereits so zerstörten Leber wie meiner leider nicht beurteilen. Jetzt auch noch Leberkrebs? Ich wollte nicht daran glauben.

Nun liege ich auf dieser Trage, die auf Schienen läuft, und fahre ein in die kreisrunde Öffnung, fahre ein wie der Sarg in die Brennkammer eines Krematoriums, fahre in den Schacht, hinein in die Röhre. Von Strahlung ist nichts zu spüren – es sei nicht gefährlich, sagt die fröhliche rotblonde Ärztin, es sei bloß ein pulsierendes elektrisches Feld, das die Bipole der Wassermoleküle im Körper dazu bringe, sich immer wieder neu auszurichten, diese minimale Bewegung liefere Informationen, die zu Bildern verarbeitet werden könnten. Aha.

Ich liege im Ofen und werde gebacken, gleich bin ich gar. Verständlich, daß es Patienten gibt, denen diese Enge nicht behagt und die in klaustrophobische Zustände verfallen, für sie ist da ein kleiner roter Notfallknopf. Ein Kontrastmittel rinnt mir in die Armvene, und ich frage mich, ob die Ärztin mit dem Tomographen auch meine Gedanken lesen kann, ob sich auf ihrem Bildschirm vielleicht zeigt, was mich beschäftigt und bewegt, was ich denke, was ich fühle. Weiß sie jetzt, wie großartig, wie aufregend, wie toll ich sie finde? Wie sehr ihre Fröhlichkeit, ihre helle Haut, ihre Haare und ihre Sommersprossen mir gefallen? Könnte sie mir nicht, überlege ich dann, ein paar originelle Gedanken und eine andere Vergangenheit aufspielen? Ein neues Betriebssystem, ein neues Bewußtsein? Oder macht sie gerade eine Kopie von mir und speichert sie ab, um all das, was mich ausmacht, all die unzusammenhängenden Erinnerungen und seltsamen Gefühle, später auszuwerten? Um zu prüfen, ob es sich überhaupt lohnt, mein Leben zu verlängern?

85

Dabei wurde das doch schon entschieden, ich wurde schon evaluiert. Hier in dieser Klinik wurde geklärt, ob der Körper, in dem ich stecke, eine Transplantation auch überstehen kann. Über zwei Wochen hinweg wurde ich von allen Seiten durchleuchtet, wurde in jede Öffnung meines Körpers hineingesehen, wurde ich endoskopiert, sonographiert, computertomographiert, magnetresonanztomographiert. Es gibt Röntgenbilder der Pfortader und der Lebervenen, die gemacht wurden, damit die Chirurgen am Tag der Transplantation, dem Tag X, an dem sie die Bauchdecke öffnen würden, wissen, wo und wie sie schneiden müssen. Die Knochendichte wurde gemessen, es gab ein zahnärztliches Konsil, ein Hals-Nasen-Ohren- und ein psychosomatisches Konsil. Teuer muß das gewesen sein, jedem Spezialisten dieser Klinik hatte ich mich vorzustellen, ich bin von einer Station zur anderen gewandert, allen brachte ich meinen Körper mit.

Ich erinnere mich an den Urologen, der meine Prostata untersuchte, digital-rektal, zwei schöne Wörter für Finger im Arsch. Vom urologischen Standpunkt spreche nichts gegen eine Transplantation, sagte er, außerdem erfuhr ich, daß ich Bilderbuchhoden habe. Wie toll.

Ich erinnere mich an den Kardiologen, einen jüngeren Forschungsarzt, der bei der Herzsonographie einen Fehler fand, eine kleine Unregelmäßigkeit in meinem Herzschlag, weshalb er mir einen Herzpaß ausstellte, den ich von da an bei mir tragen sollte. Er relativierte seine Diagnose allerdings, indem er sagte, daß ich mich nun mal gut sonographieren ließe, bei mir sehe er fast alles, bei vielen anderen Patienten müsse der Schall hingegen erst durch zwanzig Zentimeter Fett hindurch, ohne Fettschutzschicht lasse sich eben mehr erkennen und fast immer etwas finden.

Ich erinnere mich an die Psychologin, der ich verriet, daß ich nicht immer wisse, warum ich mich überhaupt operieren lassen solle, vielleicht, sagte ich ihr, sei es ja so gedacht, daß mein Leben nicht so lange dauert, daß ich eben nur diesen kürzeren Zeitraum bleiben kann. Natürlich, fügte ich hinzu, wolle ich weiter für meine Tochter dasein, meistens jedenfalls, oft aber komme mir das bloß wie ein Trick vor, der Kindertrick eben, mit dem ich mich zum Bleiben überreden würde. Ich weiß noch, daß ich in dem Moment zu heulen anfing, in ihrem kleinen Arztzimmer, auch vor ihrem Fenster stand ein Kastanienbaum. Sie verschrieb mir ein Antidepressivum, einen selektiven Serotonin-Wiederaufnahmehemmer, ein Medikament, das ich mal nahm und dann wieder nicht, weil ich mir einbildete, die Depression zu brauchen.

Und ich erinnere mich an den Termin bei der Anästhesistin, die mir erklärte, was am Tag X passiert. Ich hörte ihr gar nicht richtig zu, starrte, während sie sprach, den Literatur-Abreißkalender auf ihrem Schreibtisch an, das Blatt für den Tag zeigte ein Bild von Peter Handke. Kommt der Anruf, sagte sie, dürfen Sie nichts mehr essen, ein Krankenwagen oder, je nachdem, wo Sie sich gerade aufhalten, auch ein Hubschrauber wird Sie abholen und in die Klinik bringen, Station 211, die Operation wird wahrscheinlich, wenn sie komplikationslos verläuft, sechs oder sieben Stunden dauern, vielleicht auch länger.

86

Vielleicht auch länger. Wer weiß. Ich schaue auf den Notfallknopf, wozu aber sollte ich den drücken? Ich erinnere mich ja bloß an diese seltsame, sich über fast zwei Wochen hinziehende Prüfung, die ich schließlich bestand, ohne dafür gelernt, ohne etwas dafür getan zu haben, ich kam einfach durch. Da zieht die fröhliche, rotblonde Ärztin mich aus der Röhre und sagt: Vorbei.

87

Ich mußte noch eine Unterschrift leisten. Der Chirurg, Demiurg, Chef der Transplantationsklinik wollte mich sehen und sprechen, wollte mich in Augenschein nehmen und begutachten, bevor ich unterschreibe. Er stand mir gegenüber, ein gesund aussehender, braungebrannter, halbwegs sportlich wirkender Mann Ende Fünfzig, musterte mich und sagte: Sie wirken ja gar nicht wie jemand, dem ich eine neue Leber transplantieren müßte, Sie sehen viel zu gesund aus. Und formulierte damit genau die Bedenken, die ich selbst hatte. Ging es mir nicht zu gut? Konnte ich nicht so weitermachen? Dann aber schaute er in meine Krankenakte, sah die Werte, änderte seine Meinung und verabschiedete sich, er hatte nicht viel Zeit.

Kurz darauf saß ich, denkwürdiger Nachmittag, allein in einem halbdunklen, fensterlosen Raum neben dem Transplantationsbüro. Vor mir auf dem Tisch ein Stapel Papier, der Vertrag in dreifacher Ausführung, alle Seiten eng bedruckt. Ich saß da und sollte unterschreiben. Sollte mich damit einverstanden erklären, daß mir eines Tages, möglichst bald, vielleicht in fünf Wochen, vielleicht in sechs Monaten, vielleicht in zwei Jahren, vielleicht überhaupt nicht mehr, weil ich vorher gestorben bin, ein Organ herausgeschnitten und ein anderes, neues eingesetzt wird – was aber heißt *neu*, neue Organe sind immer gebrauchte Organe, Organe von Toten, dachte ich und versuchte, den Vertragstext auf den Blättern zu lesen, was mir nicht gelang, ich sah bloß Buchstaben und Wörter und kam nicht dahinter, wie sie zusammengehörten oder was sie bedeuten sollten. Ich überflog den Text, merkte, daß ich nur so tat, als ob ich läse, hielt meinen Füller aber in der Hand.

Die Absurdität dieser Situation war mir bewußt: Wann, dachte ich, kann ein Mensch sich schon mit einer Unterschrift für ein mögliches Weiterleben entscheiden? Ein paarmal mußte ich Miet- und Kaufverträge unterschreiben, ich bin bereits öfter bei einem Notar gewesen, nun jedoch, dachte ich, ging es um mehr. Mit meiner Unterschrift konnte ich mir eventuell Lebensjahre kaufen, ohne zu wissen, ob und wieviel und in welcher Währung ich wann für diese Verlängerung bezahlen müßte. Und mich überkam wieder diese Angst, ich könnte, gelänge die Operation, zu gesund werden, nicht mehr krank genug sein, nicht mehr der sein, der ich war. Meine Hand fühlte sich feucht an, fast naß, schwitzte sie so sehr? Nein, meine Hand war blau, war voller Tinte. Der Füller, den ich seit Jahren mit mir herumtrug, der Füller, ohne den ich nie das Haus verlassen hatte, war ausgelaufen, ausgerechnet an diesem Nachmittag. Wollte er nicht unterschreiben?

88

Morgens, mittags, abends, nachts. Tagschwester, Nachtschwester, Visite, Bereitschaftsarzt. Frühstück, Mittagessen, Abendbrot, sonnabends Eintopf, sonntags keine Visite. Mehr habe ich mit der Zeit nicht zu tun, es herrscht Gleichzeitigkeit. Hier gibt es eine Bühne, auf der sie tanzen, die Südafrikanerin, Julia, die vom Heroin nicht loskam, Katja, mit der ich vom Kran gesprungen bin, die Medizinstudentin aus der Vorlesung. Was ist es für ein Stück? Ballett?

Alles, was war, bewegt sich auf dieser Tanzfläche, nichts liegt mehr vor oder hinter mir, hier tanzt alles durcheinander, hier wird für mich gesungen, große Oper, hier singe ich, alles ist zum Greifen nah und doch nicht zu fassen.

89

Ich stehe wieder auf der Liste, sammle Wartezeit. Mit jedem Tag steigt die Wahrscheinlichkeit zu sterben, jeder Tag ist ein Tag näher dran am Tod. Doch jeden Tag, das ist die Ironie der Liste, steigt auch die Chance zu überleben – nur muß ein anderer vorher sterben. Und ich weiß schon: Wenn du nicht stirbst, dann sterbe ich.

90

Ich denke dann aber gar nicht jeden Tag daran. Ich denke nicht daran, daß der Tag X jederzeit kommen könnte. Abends, wenn ich ins Bett gehe, und morgens, wenn ich aufwache, denke ich nicht immer daran, ich habe überhaupt keine Lust, immer daran zu denken, weiß aber, eines Tages oder Nachts läutet das Telefon vielleicht. Möchte ich, daß du stirbst? Nein, ich möchte nicht, daß du, wo auch immer du dich gerade aufhältst, überfahren wirst. Oder durch eine Windschutzscheibe gegen einen Baum fliegst. Ich möchte nicht, daß dir ein Aneurysma platzt, ich möchte nicht, daß du wie auch immer ums Leben kommst. Eigentlich nicht.

Trotzdem reiße ich Todesmeldungen aus der Zeitung, sie sammeln sich an, ich lege sie in eine Mappe. Auf der Mappe steht: «Als die Kinder schliefen».

In Schokolade

Vincent S. (22)
Aushilfskraft in einer Süßwarenfabrik in Camden, New Jersey
rutschte am Freitag
einen Sack Kakao auf den Schultern
von seiner Arbeitsbühne
fiel in einen drei Meter tiefen Kessel
mit heißer Schokolade

und starb
vom Rührarm des Mischers
am Kopf getroffen
Kollegen hatten
vergeblich versucht
die Maschine
zu stoppen.

Der Schafsbock

Einer 29 Jahre alten Frau aus Simbach
fiel bei einem Spaziergang durch die Stadt Braunau
ein tags zuvor ausgerissener
in Panik vor einem nahenden Zug
von einer Eisenbahnbrücke springender Schafsbock
auf den Kopf
die Frau

kam mit Prellungen und Blutergüssen
ins Krankenhaus
wo sie
(Mutter zweier Kinder)
am Samstagabend
überraschend
verstarb.

Wasserflasche

In einem Gelsenkirchener Seniorenstift
wird ein 86jähriger Bewohner verdächtigt
seine 90jährige Zimmernachbarin
mit einer Wasserflasche
erschlagen zu haben
eine Pflegerin
entdeckte die schwerverletzte Frau

in ihrem Bett
sie starb
ehe der Notarzt eintraf
der Rentner erklärte
sich an nichts
erinnern
zu können.

Lazy Boy

Daniel Webb (33)
340 Kilogramm schwer
starb an Herzversagen
als Feuerwehrleute versuchten

ihn aus seinem Fernsehsessel
(Modell Lazy Boy)
herauszuschneiden

wegen einer Knieverletzung
hatte er die letzten neun Monate
wund
und in den
eigenen Exkrementen
in dem Sessel
verbracht

Hätte man uns gleich
die richtige medizinische Versorgung bewilligt
wäre das nicht passiert sagt seine Frau
sie und ihr Mann
hatten sich vergeblich
um eine Krankenversicherung
bemüht.

Als die Kinder schliefen

Eine 34jährige Frau
gestand vor dem Landgericht Augsburg
ihren 46 Jahre alten Ehemann
einen Polizeihundeführer
erschlagen
und seine Leiche
zersägt zu haben

am 23. Januar sei sie gegen fünf Uhr
vom Weinen ihres Sohnes aufgewacht
und ins Wohnzimmer gegangen

wo ihr Mann einmal mehr
Streit angefangen habe
Ich konnte es nicht mehr hören
bin völlig abgedreht

als ihr Mann auf sie losgegangen sei
habe sie ein Metallrohr vom Fensterbrett genommen
und zugeschlagen er sei
rückwärts Richtung Sofa getaumelt
Als er aufstehen wollte
habe ich noch mal zugeschlagen
dann noch mal

die Obduktion ergab
daß dem Opfer
durch die Wucht der Hiebe
die Halswirbelsäule gebrochen
und der Schädel
zertrümmert worden war
aus Angst

ihre Kinder könnten die Leiche des Vaters sehen
habe sie den Toten in die Waschküche geschleppt
die Wohnung gesäubert
und beide Kinder Tochter und Sohn
in den Kindergarten gebracht zurück im Haus
habe sie der Leiche
die Beine abgetrennt

Ich wollte ihn
aus dem Haus haben
ich konnte
nicht so richtig fassen
was ich gemacht habe

ich wollte nicht mehr
erinnert werden

am Abend als die Kinder schliefen
habe sie die Leichenteile ins Auto getragen
und sei losgefahren
den Torso habe sie
gut sechs Kilometer von ihrer Wohnung entfernt
auf einem Acker abgelegt
die Beine jedoch

zunächst im Kofferraum ihres Wagens
vergessen weshalb sie
etwa 600 Meter weiter
noch einmal angehalten habe
um sie auf einen Feldweg zu werfen
am folgenden Tag
gab sie eine Vermißtenmeldung auf

hoch verschuldet nach der Hochzeit
habe der Mann sich nach der Geburt der Kinder
um nichts mehr gekümmert
und zu trinken begonnen oft
sei es zu Streitigkeiten gekommen
häufig habe er sie
zum Sex gezwungen

von der Beziehung ihres Mannes
mit ihrer besten Freundin
will die Angeklagte nichts gewußt haben
Das hätte mich auch nicht gestört
ich hatte mit der Ehe
emotional
abgeschlossen.

Seriennummer

Nur an den Seriennummern ihrer Brustimplantate
wurde Sana Samotovih identifiziert
der Mörder
hatte ihr das Gesicht zerhackt
die Fingerkuppen abgeschnitten
und alle Zähne
gezogen.

Der ehemalige Millionär

In einem Motel in British Columbia
fand ein Zimmermädchen
erdrosselt an einem Kabel den
ehemaligen Millionär nach dem
in ganz Nordamerika als
mutmaßlichem Mörder der Sana Samotovih
gefahndet worden war.

Notwehr

Im Prozeß um den Dreifachmord
nach einem Streit unter Kleingärtnern in Gifhorn
gestand der 66 Jahre alte Angeklagte
zugeschlagen zu haben
daß er seine Opfer mit seinem Knüppel tödlich verletzte
will er zunächst allerdings
nicht bemerkt haben

er gab an
in Notwehr gehandelt zu haben

weil er sich von den Nachbarn (es ging
um die Entsorgung von Gartenabfällen)
bedroht fühlte mit Fäusten
seien die drei
auf ihn losgegangen.

Kompost

Nachdem er Kompost
in seinem Garten verteilt hatte
klagte ein 47jähriger Brite in Buckinghamshire
über Atemprobleme und
starb vier Tage später
an einer Sepsis
durch den Schimmelpilz aspergillus fumigatus.

Im Bettkasten

Eine gehbehinderte Rentnerin aus Oberhausen
die einen Arbeitslosen aufgenommen hatte
damit dieser ihr im Haushalt helfe
wurde am Sonntag
tot in ihrem Bettkasten gefunden
der Mann hatte den Tod der Frau
(laut Obduktion war sie

eines natürlichen Todes gestorben)
nicht gemeldet
um die Wohnung weiter nutzen zu können
die Kiste unter dem Bett
hatte er gegen austretenden
Verwesungsgeruch
mit Folie verklebt.

Alleinlebend

Weil Türen und Fenster geschlossen waren
und er nach der Arbeit einschlief
während das Essen
auf dem Herd stand und verkohlte
erstickte ein Mann (44)
am Dienstag
in Steinheim (Nordrhein-Westfalen).

Eine Lektion erteilen

Zwei Polizisten aus Stralsund
wurden zu Freiheitsstrafen von jeweils
drei Jahren und drei Monaten verurteilt weil sie
an einem windigen Tag Temperatur um zwei Grad
einen 34 Jahre alten betrunkenen Mann
(der in einem Supermarkt hingefallen war)
mit ihrem Streifenwagen an den Stadtrand

gebracht und in unbewohnter Gegend
ausgesetzt hatten
nachdem die Beamten abgefahren waren
stürzte der Mann erneut
und starb
nach mehrstündiger Bewußtlosigkeit
an Unterkühlung.

Kein Zusammenhang

Ein Polizeihauptkommissar (49)
hat sich gestern im Sanitätsraum

der Wache Oudenarder Straße (Berlin-Wedding)
erschossen bereits
am Wochenende
hatte ein 44 Jahre alter Polizist
des gleichen Abschnitts

sich in einer Kleingartenanlage in Tegel
mit seiner Dienstwaffe
getötet zwischen
den beiden Todesfällen
soll es keinen
Zusammenhang
geben.

Whirlpool

Weil seine Verlobte
die Wasserdüsen des Whirlpools
in der Wohnanlage in Singapur
zu weit aufgedreht hatte
wurde Arne S. (39) Asienmanager
eines deutschen Technologiekonzerns
vom Sog des Abflusses dessen

Schutzgitter zerbrochen war
auf den Beckenboden gerissen vier
Männern gelang es nicht
den guten Schwimmer vom Saugabzug wegzuziehen
der Zwei-Meter-Mann ertrank
vor den Augen seiner Freundin
in einem Meter Tiefe.

Wasser (Jennifer Strange)

Die 28jährige Frau
die bei einem Wasserwetttrinken in Sacramento, Kalifornien
vergeblich versucht hatte
eine Wii für ihre Kinder zu gewinnen
starb weil der Natriumspiegel in ihrem Blut
nach dem Konsum von mehr als elf Litern Wasser
viel zu tief gefallen war

zwei Jahre später
muß der Radiosender KDND
der das Wasserwetttrinken veranstaltet hatte
den Hinterbliebenen
eine Entschädigung
von 16,5 Millionen Dollar
zahlen.

Finanzielle Schwierigkeiten

Eine Frau in Berlin (39)
mischte ihrer Familie am Sonntag
Betäubungsmittel ins Essen
und schnitt (alle schliefen)
ihrem Mann und den Kindern die Pulsadern auf
der Vater verblutete die Töchter (8, 11, 14)
konnten gerettet werden.

Bis daß der Tod

Die Leichen
eines obdachlosen Ehepaars
(das sein Zuhause

erst kurz zuvor
verloren hatte)
wurden in zwei
1500 Meilen voneinander entfernten

Recyclingfabriken gefunden
Thomas und Susan Jansen starben
in einer Müllwagenpresse
nachdem sie sich
in St. Louis, Missouri
in einen Abfallcontainer gelegt hatten
und eingeschlafen waren.

Keine Beziehung mehr

Als sie ihr 5jähriges Kind abholen wollte
übergoß ein Mann in Petersaurach
die Mutter seines Sohnes
mit Benzin und zündete
sie an laut Polizei
unterhielten beide Elternteile
keine Beziehung mehr.

Weil sie zuviel

Weil sie zuviel redete
und er nach der Arbeit
seine Ruhe haben wollte
klebte ein 39jähriger Mann in Wetzlar
seiner Frau den Mund
mit Paketband zu schleppte
sie auf den Dachboden

fesselte sie an einen Stützbalken
und ließ sie dort
über Nacht allein
als er am nächsten Morgen
nach ihr sah
war seine Frau (38)
erstickt.

Sexspiel

Auf dem Dachboden eines Hauses
in der zu Hardegsen gehörenden Ortschaft Ellierode
starb ein auf Zehenspitzen in einer
an einem Balken befestigten Schlinge stehender Mann
weil sein Partner ihn für (wie er sagte) kurze Zeit allein ließ
als er zurückkam hing der Freund
tot im Seil.

Im Schrank

Beim Ausräumen der Wohnung ihrer verstorbenen Mutter
fand eine Frau in Vienna, West Virginia
am Dienstag
im Schlafzimmerschrank
eingewickelt in Plastikfolie und mehrere Laken
die verweste Leiche
einer unbekannten Frau.

Auch an Einbrecher denkend

Weil er Geräusche gehört hatte schlich
ein 62jähriger Mann in Puyricard, Südfrankreich
am Sonntagabend bewaffnet ins Nebenhaus und

gab einen Warnschuß ab
der vor dem Fernseher sitzende Nachbar
schoß zurück und wurde im folgenden
Schußwechsel getötet.

Gemeinsamer Urlaub

Bei einer Schießerei unter Mitgliedern einer Großfamilie
die auf einem Campingplatz in Helmstedt
Urlaub machte wurden nach einem Streit
zwischen einem 32jährigen Mann
und seiner 20 Jahre alten Ehefrau
vier Personen
verletzt

nur der bei dem Schußwechsel getötete
Vater der Frau
steht zweifelsfrei
als Schütze fest über
die Hintergründe der Auseinandersetzung
schwieg die Familie
sich aus.

Bei Osterode

Ein führerloses Pferdegespann
raste am Samstag bei Osterode im Harz
in eine Gruppe älterer Spaziergänger
eine blinde Frau ein seh- und ein gehbehinderter Mann
konnten den Tieren nicht ausweichen die
blinde Frau wurde getötet die beiden Männer
lebensgefährlich verletzt.

Bei Cléry in Savoyen

In Ostfrankreich bei Cléry
streifte ein Heißluftballon
am Sonntagmorgen
kurz vor der Landung
eine Hochspannungsleitung
und fing Feuer
vier Erwachsene und zwei Kinder

verbrannten vor den Augen ihrer Angehörigen
ein Passagier sprang aus der Gondel
und starb
beim Aufprall
auf den Stoppeln
eines bereits abgeernteten
Feldes.

Totenschiff

Italienische Behörden berichteten am Montag
von über siebzig Toten
auf einem kleinen hölzernen Boot
das im Mittelmeer
fünfzig Seemeilen vor Lampedusa
mit dreizehn Leichen an Bord
aufgebracht worden war

mehr als zwei Wochen trieben die Flüchtlinge
ohne Wasser auf See
Überlebende (die meisten aus Somalia) sagten
sie hätten bis sie zu schwach dafür waren
viele Leichen (darunter fünfzehn Frauen
und sieben Kinder)
über Bord geworfen.

In einem Delikatessengeschäft

Arturo Eusebio Alzate (26)
brach am Freitag
kurz nach seiner Ankunft auf dem Flughafen Frankfurt
in einem Delikatessengeschäft zusammen und starb
eines der 108 mit Kokain
gefüllten Kondome in seinem Magen
war geplatzt.

Eine Botschaft des Kartells von Sinaloa

In einer Kühlbox
fanden Polizisten der nordmexikanischen Stadt Praxedis
am Montag
den Kopf ihres Chefermittlers
der am Samstag (vier Tage nach Amtsantritt)
mit fünf weiteren Beamten
entführt worden war.

Para continuar el viaje

Der Leichnam des Salvadorianers
Edmer Rolando Javier Ramírez
gefunden am 17. März in Veracruz, Mexiko
wurde in sein Heimatland überführt
der Mann (informierte
der Konsul von El Salvador)
sei vermutlich in einem Lastwagen

der in seinem doppelten Boden Flüchtlinge
Richtung Vereinigte Staaten transportierte
erstickt seine Kameraden

warfen den Toten
auf die Straße
und setzten ihre Reise
fort.

Jerry Springer Show

Nur Stunden nach Ausstrahlung der Jerry Springer Show
wurde am Montag in Sarasota, Florida
der Leichnam eines weiblichen Studiogastes gefunden
die Polizei fahndet nach dem Ex-Mann des Opfers
und seiner neuen Frau das Ehepaar war
gemeinsam mit der Ermordeten
in der Folge

Secret Mistress Confronted aufgetreten
und hatte die 52jährige beschuldigt
sie ständig zu verfolgen seit
längerem stritten die Frauen
auch um das Haus
in dem die Tote
gefunden wurde.

Im Kühlraum

Kurz nach Geschäftsschluß
fanden die Kellner
eines Restaurants in Washington, D. C.
drei am Tag zuvor zur Arbeit eingeteilte Kollegen
erschossen im Kühlraum
tagsüber hatte man sie
vermißt.

Selbsttötungsabsicht (rund drei Stunden)

Eine 40 Jahre alte Frau
ist Samstagnacht
auf dem Autobahnzubringer Antonienstraße
(Fahrtrichtung Kurt-Schumacher-Damm)
gegen einen Brückenpfeiler gerast
und in ihrem
brennenden Auto

ums Leben gekommen
sie habe einen Abschiedsbrief hinterlassen
sagte ein Sprecher der Polizei
während der Bergungsarbeiten war
die Straße im Bereich der Unfallstelle
rund drei Stunden
gesperrt.

Familiengrab

Ein 63jähriger Sizilianer
der Samstagnachmittag in Palermo
die Baustelle seiner Familiengrabstätte besichtigen wollte
fiel bei seinem Besuch vom Gerüst
schlug mit dem Kopf auf und
wurde erst am Sonntagmorgen
tot gefunden.

91

Ich sammle, und ich warte, aber Warten fällt mir nicht mehr schwer. Ich vergesse, daß ich warte, ich warte ja schon immer.

Ich warte zu Hause, ich warte im Wartezimmer, ich warte im Krankenhaus. Ich warte im Bett, ich warte auf dem Sofa, auf der Liege. Ich warte auf die Untersuchung, auf den Besuch, auf die Visite, ich warte auf das Essen und darauf, daß etwas passiert. Ich warte auf ein Leben, ich warte auf den Tod. Ich warte, ja, ich weiß, ich weiß es schon lange, auf dich.

92

Ich warte, ich warte,

Nein, stimmt nicht. Von Warten kann keine Rede sein. Ich warte überhaupt nicht. Ich denke fast nie an den Tag X, ich habe keine Lust, an ihn zu denken, ich spreche nicht über die Warteliste, erzähle kaum jemandem von der bevorstehenden Transplantation. Vielleicht möchte ich ja doch nicht, vielleicht will ich mir die zwei bis vier Pfund Fleisch ja gar nicht aus der Bauchhöhle schneiden lassen, vielleicht kann ich dem Gedanken gar nichts mehr abgewinnen, mir meine Leber entfernen und dafür die eines Toten einsetzen zu lassen, vielleicht will ich meine eigene liebe Leber, so kaputt sie auch sein mag, gar nicht hergeben? Was ist so schlimm daran, daß ich jeden Tag müde bin, daß ich Wasser im Bauch und Wahrnehmungsstörungen habe? Soll nicht alles so und nicht anders sein? Könnte ich nicht, das gelingt mir doch schon lange, einfach so weiterleben? Oder, wenn nicht, dann eben sterben?

Ich bilde mir ja nicht ein, daß nachher, nach einer Transplantation, alles großartig, wunderbar und immer sonnig ist. Nein, ich warte nicht. Manchmal lasse ich mein Telefon zu Hause liegen, manchmal schalte ich es aus, ein- oder zweimal fahre ich sogar ins Ausland, was ich eigentlich nicht dürfte. Ich spiele ein bißchen mit dem Tod.

Es ist halt nicht so leicht, jeden Tag an das Ende oder Nicht-Ende des eigenen Lebens zu denken.

INCIPIT VITA NOVA

Der Anruf kommt um kurz nach zwei. Ich habe zu Mittag gegessen, sitze in meinem Arbeitszimmer, und eine Stimme sagt, Herr W., wir haben ein passendes Spenderorgan für Sie. Auf diesen Anruf habe ich gewartet, diesen Anruf habe ich gefürchtet. Das Kind ist nicht da und soll erst am Wochenende wiederkommen, ich habe schon gegessen, müßte also nicht hungrig ins Krankenhaus und habe sonst nichts weiter vor. Die Sonne scheint, und ich denke, ach, wie gern würde ich noch ein wenig bleiben, ein paar Jahre vielleicht. Und sage: Ja, und die Stimme antwortet, sie schicke jetzt den Krankenwagen los.

Vier Minuten später stehe ich unten vor dem Haus und warte. Es gibt freie Parkplätze, die Stadt ist leer, Sommerferien in Berlin, es ist heiß. Ich schaue zu den Blumenkübeln, in denen es blüht, und auf das Pflaster, ich sehe den Schmutz in den Ritzen zwischen den Gehwegplatten und die Tische vor dem Café auf der anderen Straßenseite. Vor einer Stunde ungefähr, mir kommt es vor, als wären Jahre vergangen, habe ich dort gegessen, die Bedienung winkt, wir kennen uns.

Neben mir steht die braune Reisetasche, wahllos habe ich

ein paar Sachen hineingeworfen, es stand nicht alles neben der Wohnungstür bereit – obwohl ich wußte, daß der Anruf immer kommen konnte, jederzeit, hatte ich nicht mit ihm gerechnet. Vielleicht wollte ich nicht mit ihm rechnen, die Hausschuhe, das wird mir noch auffallen, habe ich jedenfalls vergessen. Als die Physiotherapeutin mich drei Tage später zwingt, zum ersten Mal wieder aufzustehen – Aufstehen ist das Wichtigste, sagt die Ärztin –, trage ich, was ziemlich komisch aussieht, Gummihandschuhe an den Füßen. Ich muß selbst darüber lachen, zu lachen tut allerdings weh.

Ich erinnere mich, daß ich ein anderes Mal noch weniger vorbereitet gewesen bin. Ich wechsle von einer Gehwegplatte auf die andere, gehe ein wenig auf und ab und muß, ob ich will oder nicht, doch daran denken, daß mein Telefon schon einmal geklingelt hat, in einer Winternacht mit Glatteis, gegen vier Uhr früh, das Kind schlief nebenan in seinem Zimmer. Noch nicht richtig wach, hob ich ab und hörte eine Stimme den gleichen Satz sagen, den ich eben gehört habe: Herr W., wir haben ein Spenderorgan für Sie. Woraufhin ich antwortete, ich mußte überhaupt nicht überlegen: Nein, lieber nicht. Lieber nicht, dachte ich, denn ich müßte das Kind ja wekken, und wie sollte ich ihm erklären, daß ich ins Krankenhaus muß, mitten in der Nacht? Dabei hätte ich doch die Nachbarin oder die Mutter meines Kindes herausklingeln können.

Am nächsten Vormittag rief ich im Transplantationsbüro an und fragte, ob ich das Telefongespräch geträumt hätte. Ich wußte nicht mehr, ob ich es geträumt hatte oder nicht, oder ich wollte mir einreden, es nicht mehr zu wissen. Zu glauben, daß ich diesen Anruf nur geträumt hatte, schien mir jedenfalls eine gute Ausrede zu sein, denn natürlich wußte ich, daß ich hätte ja sagen müssen. Wann passiert es schon, daß einem die Verlängerung des eigenen Lebens angeboten wird? Ich erfuhr, daß mein Telefon tatsächlich geklingelt hatte. Nach meinem Nein hatte sich ein anderer Wartepatient gefreut.

Ich telefonierte dann auch mit B. und erzählte ihm, was ich ausgeschlagen hatte. Vorwürfe hörte ich keine, er riet mir allerdings, nicht noch einmal abzulehnen. Ich entschied mich, auf der Warteliste zu pausieren, die bis dahin aufgelaufene Wartezeit würde mir nicht verlorengehen.

Vier oder fünf Monate später platzten die Varizen.

Nun warte ich schon drei oder vier Minuten auf den Krankenwagen. Noch könnte ich verschwinden, denke ich, einfach verschwinden und das Telefon ausschalten. Eine Frau, die zwei Häuser weiter wohnt, schiebt ihr Rad mit einem leeren Kindersitz auf dem Gepäckträger vorbei, wir lächeln uns an. Ich suche mein Telefon, finde es in meiner hinteren Hosentasche, aber statt es auszuschalten, rufe ich das Transplantationsbüro zurück, frage, wo der Krankenwagen bleibt. Ist sicher gleich da, versucht die Stimme mich zu beruhigen. Dann, da ich das Telefon nun schon in der Hand habe, schreibe ich eine SMS und schicke sie an die Freunde, von denen ich mich im Fall des Falles verabschiedet haben möchte. Ich tippe: *Komme jetzt ins Krankenhaus, für neue Leber,* tatsächlich aber sende ich, das sehe ich ein paar Wochen später, als ich die Nachricht in meinem Telefon wiederfinde: *Komme jetzt ins Krankenhaus, für neue Leben.*

Ich telefoniere, bis der Krankenwagen ganz sommermüde, komm, süßer Tod, herantuckert. Die Beifahrertür öffnet sich, ein Mann, der alle Zeit der Welt zu haben scheint, steigt aus, dreht sich zu mir und begrüßt mich mit der Frage, ob ich zuzahlungsbefreit sei, wenn nicht, dann hätte er gern erst einmal fünf Euro. Erst danach legt er seine Hand auf den Griff der Schiebetür und zieht sie auf. Ich steige ein und finde einen verknitterten Fünf-Euro-Schein in meinem Portemonnaie, mit ihm kann ich dem Fährmann die Überfahrt bezahlen. Das Boot legt ab, beschleunigt nur verhalten, und ich will wissen, ob es eventuell ein wenig schneller gehe, mir sei Blaulicht versprochen worden. Von Blaulicht stehe in ihrer Anweisung nichts, sagt der Fahrer, keine Sorge, sind ja Ferien, ist ja kaum Verkehr.

Auf meinem Schreibtisch und der breiten Fensterbank in meinem Arbeitszimmer liegen Zettel, auf denen steht, was ich alles längst erledigt haben wollte. Seit über drei Monaten wollte ich ein Regal für das Kinderzimmer bestellen, ich wollte eine Lampe montieren, den Kühlschrank abtauen, ich wollte spülen und zum Frisör gehen, morgen oder übermorgen. Jetzt fällt mir ein, bei wem ich mich diese, nächste, übernächste Woche hatte melden wollen und wem ich schon Wochen, Monate, Jahre nicht auf Briefe geantwortet habe, obwohl ich es vielleicht versprochen hatte. Ich wollte auch immer ein ordentliches Testament machen, die mittlere Schreibtischschublade aufräumen, die Papierhaufen hinter dem Schreibtisch sortieren und an Rebecca schreiben, seit ein paar Jahren schon. Ich denke schon wieder nicht daran, daß sie ja nicht mehr lebt.

Der Krankenwagen fährt ins Virchow, ich kenne die Strekke, bin sie schon oft gefahren. Die Bernauer hinunter, dann rechts durch Gesundbrunnen, der Fahrer steuert die Graunstraße entlang – es ist der gleiche Weg, den der Rettungswagen genommen hat, vor über einem Jahr. Damals stellte ich mir vor, der Wagen hätte gar kein Dach, malte mir aus, mit abgeschossenem Verdeck durch Flandern zu fahren, vielleicht wegen des Kopfsteinpflasters, über das wir auch heute rollen, durch die sommerleere Stadt, bis der Fährmann schließlich anlegt, mein Boot hält in der Auffahrt vor Haus 4.

Der Beifahrer steigt aus, öffnet mir die Schiebetür und begleitet mich nicht nur bis zum Aufzug, er fährt mit mir hinauf in den siebten Stock, bringt mich bis zur Pforte der Station. Er soll mich abliefern, so sein Auftrag, alleine könnte ich es mir im Aufzug ja noch anders überlegen oder mich im Haus verlaufen, wer weiß. Eine freundliche Schwester begrüßt mich und verabschiedet den Fahrer, ich muß, die Verwandlung beginnt, einen blaßgelben Schutzkittel überziehen: Wer hier eintritt, soll keine Krankheitserreger verbreiten.

Die Schwester führt mich in ein Zimmer mit großem Fenster nach Osten, die Sonne scheint, ich sehe den Humboldthain, seine beiden Flaktürme, das Linsenhochhaus an der Brunnenstraße, die Flutlichtmasten des Friedrich-Ludwig-Jahn-Sportparks, ja ich sehe sogar die Dächer der Straße, in der ich wohne. Vier oder fünf Personen in Keimschutzkitteln wuseln um mich herum. Eine von ihnen nimmt mir Dinge ab, die ich nun nicht mehr brauche, meine Brille, die Uhr meines Vaters, mein Portemonnaie, das Telefon. Während ich mich ausziehe, beantworte ich die üblichen Fragen: Seit wann besteht die Grunderkrankung, wann wurde zuletzt Blut abgenommen, hat sich an Ihren Daten etwas geändert, stimmt die Anschrift noch, wen sollen wir benachrichtigen, falls, tragen Sie eine Zahnprothese, ich schüttele den Kopf. Dann unterschreibe ich alle Blätter der Einverständniserklärung, gehe noch einmal auf die Toilette und ziehe ein OP-Hemd an. Blut wird mir abgenommen, und Blut wird bestellt, ein zentraler Venenkatheter und ein arterieller Blutdruckmesser werden gelegt, Bauchdecke und Brustkorb mit einer gelb-grünlichen Flüssigkeit desinfiziert, Elektroden aufgeklebt. Es ist noch gar nicht so lange her, daß ich gegessen habe, sage ich. Na, wenn's kein Schweinebraten war, höre ich den Arzt flachsen und fühle mich plötzlich auf sonderbar endgültige Weise wohl, von mir aus könnte es jetzt überallhin gehen, meinetwegen auf einen anderen Planeten. Werde ich vielleicht, ich hoffe ein wenig darauf, eingefroren, um erst in ein paar Jahren wieder aufzuwachen? Meinen Körper habe ich abgegeben, der Rumpf mit Armen und Beinen hängt, nur noch gerade so, an meinem Wahrnehmungsapparat, ja ich bin mir auf einmal gar nicht mehr so sicher, ob ich mich überhaupt noch in mir befinde, ich gehöre den Ärzten und habe, komisch, warum eigentlich, keine Angst.

In der OP-Schleuse begegne ich einem freundlichen Anästhesisten, dem Zauberer, der mich gleich verschwinden lassen wird. Später erinnere ich mich nur an seinen Bart und an ein kurzes, an sich lustiges Gespräch, das von meiner Hilflosigkeit handelt, er zählt auf, was er jetzt alles mit mir anstellen könnte, sagt voraus, daß ich von dem, was folgt, nichts mehr mitbekommen werde. Recht hat er. Ein wenig hantiert er noch an mir herum, dann bin ich weg – und werde wohl in den Operationssaal geschoben, ich denke vielleicht noch: Bis hierher ist das Leben eigentlich ganz schön gewesen, aber wahrscheinlich bin das schon nicht mehr ich, der da denkt, ich bin ja weg und spüre nichts, ich bin ja gar nicht mehr da.

Ein Körper liegt auf dem Tisch im Operationssaal, schlafend, ein Gisant wie aus dem Buch von Philippe Ariès, in dem die vielen Grabfiguren abgebildet sind. Ich schaue den, der da liegt, wer mag das sein, aus einiger Entfernung an und nehme dann die Position eines Assistenten des Professors ein, ich bin einer von denen, die um diesen Körper herumstehen und eine Klammer halten, sechs oder sieben Stunden lang. Mein Leib, ja, jetzt erkenne ich ihn, er ist's, liegt auf dem Tisch, der quer verlaufende Oberbauchschnitt mit Verlängerung vom Nabel bis zum Brustbein ist erfolgt, die Hautlappen sind zurückgeklappt. Es geht nun erst einmal darum, die kranke Leber freizulegen und aus dem hinteren Bauchraum herauszulösen, weit und breit kein Adler zu sehen.

Die Hepatektomie erfolgt nach Lehrbuch: Nach der Eröffnung des Abdomens mittels Oberbauchlaparotomie erfolgt die Mobilisation des linken Leberlappens, Darstellung der suprahepatischen V. cava unter Ablösung des rechten Leberlappens vom Zwerchfell und Anschlingung der V. cava. Darstellung und Ligatur der A. hepatica propria bzw. der A. hepatica dextra und sinistra. Darstellung und Freilegung der A. hepatica communis inklusive der A. gastroduodenalis für die Arterienanastomose. Es folgt die Darstellung und Durchtrennung des Ductus cysticus sowie des Ductus choledochus nahe des Leberhilus, Einlage von Kathetern für den veno-venösen Bypass in die V. femoralis und V. axillaris, Ligatur und Durchtrennung der Pfortader unter Einlage eines weiteren Katheters. Nach Anschluß des veno-venösen Bypasses, der das Mesenterialvenenblut sowie das Blut der unteren Extremität und der Nieren zur V. axillaris umleitet, Darstellung und Ausklemmung der subhepatischen V. cava. Ausklemmung der suprahepatischen V. cava und Herauslösen der Leber aus dem Retroperitoneum unter Mitnahme der V. cava.*

* Zitiert nach Peter Neuhaus, Robert Pfitzmann u. a.: *Aktuelle Aspekte der Lebertransplantation*, 2. Auflage, Bremen 2005, S. 33.

Die ausführliche Anamnese des Patienten dürfen wir freundlicherweise als gut bekannt voraussetzen. Die stationäre Aufnahme erfolgte am 14. Juli, nachdem ein blutgruppenidentisches Leber-Organ von Eurotransplant zur Verfügung stand.

Die orthotope Lebertransplantation konnte nach unauffälliger präoperativer Diagnostik und umfassender Aufklärung des Patienten am Aufnahmetag mit einem MELD-Score von 21 komplikationslos in piggy-back-Technik (mit A. lienalis auf A. gastroduodenalis, Milzarterienligatur, Gallengang Seit-zu-Seit mit T-Drain) durchgeführt werden.

Postoperativ wurde der Patient zur weiteren Therapie und Überwachung extubiert, spontan atmend und kreislaufstabil auf die Intensivpflegestation verlegt.

Und so ist es passiert. Ich habe die Leber eines anderen Menschen, eines oder einer Toten, bekommen, geschenkt bekommen. Ihm oder ihr wurde sie aus dem Leib geschnitten und mir anstelle meiner eigenen eingepflanzt. Ich kann das eigentlich nicht glauben.

Es hätte ja, ich weiß, auch andersherum kommen können. Ich hätte in der Apfelmusnacht verbluten können, im Badezimmer, über der Badewanne, im Rettungswagen, auf dem Weg in die Klinik, der Notarzt hielt meinen Organspendeausweis ja schon in der Hand. Anderswo hätten sich Menschen gefreut, hätten weiterleben können und wären vielleicht nicht auf der Warteliste gestorben, ihre Telefone hätten in dieser Nacht geklingelt, und eine Stimme hätte gesagt: Wir haben eine Lunge, eine Niere, ein Herz für Sie. Nur meine Leber hätte niemandem geholfen.

94

Ich sehe Lichter, sehr viele Lichter, ein großes Leuchten. Ich schwebe über einer Stadt, wie heißt diese Stadt noch gleich? Ich habe ja Flügel, sieh an, ich bin ein Vogel, ich bin eine Ente, ich bin die Ente im Zwischenreich, ich schwimme, fliege, tauche, gestatten, mein Name Donald Duck.

95

Bei jedem dritten Atemzug höre ich Reifenquietschen. Wer aber atmet da so laut? Muß ich noch atmen? Bin ich nicht unter Wasser? Das Quietschen wird ein Sample sein, es läuft auf Schleife, immer wieder, bei jedem dritten Atemzug.

96

Später, vielleicht auch früher, davor oder danach, wird es vor dem Fenster, ja, das ist wohl ein Fenster, wieder hell. Das Lichtermeer verlöscht, ich sehe ein Stück Himmel. Ach, ich bin da, wie schön. Ich kann eine Hand bewegen. Und höre eine Ente.

97

Lassen Sie doch bitte das Tier hinaus, möchte ich zu dem Mann im Zimmer sagen, ich nehme an, es ist ein Pfleger. Ich möchte die Ente nicht in meinem Zimmer haben, will ich sagen, kann allerdings nicht sprechen, ich habe keine Stimme. Ich höre die Ente sehr deutlich, sie hat sich bloß versteckt. Sehen Sie doch bitte unter dem Bett nach, möchte ich sagen, da sitzt sie, ich höre sie quaken, durch die Geräusche der Geräte, sie spricht mit mir. Sie spricht, warum auch nicht, spanisch.

98

Eine Frau in einem sehr weißen Kleid, die weder Schwester noch Ärztin sein kann, sitzt auf meinem Bett. Sie sieht aus dem Fenster und hat noch nicht bemerkt, daß ich die Augen geöffnet habe. Aus einem Kaffeebecher in ihrer Hand, einem Becher aus Pappe mit Deckel, nimmt sie einen Schluck, dann dreht sie den Kopf und schaut in meine Richtung, scheint mich aber nicht zu sehen. Ich weiß nicht, ob sie wirklich da ist. Doch, sie ist da, denn ich spüre ihre Hand, erst auf dem Schienbein, dann auf dem Knie.

Aber wer ist sie bloß. Sind wir uns vielleicht schon mal begegnet? Verbindet uns etwas, müßte ich mich jetzt erinnern? Habe ich nicht ein Kind, an das ich jetzt denken sollte? Was wird die Tochter zu dieser Frau sagen, die nicht ihre Mutter sein kann? Sie wird nun bleiben, so verstehe ich ihre Berührung, allerdings hat sie noch kein Wort gesagt, und im Gegenlicht vor dem Fenster kann ich sie kaum erkennen. Sie lacht und schaut sehr ernst dabei, sie ist blond und hat kohlrabenschwarzes Haar.

99

Ach, ich darf schon wieder essen, denke ich staunend, als die Schwester ein Tablett mit Frühstück bringt. Sie schmiert mir Butter und Sauerkirschmarmelade aus einem Portionspäckchen auf eine getoastete Weißbrotscheibe. Ich lerne, daß sich auf einem getoasteten Weißbrot deutlich weniger Keime befinden als auf ungetoastetem Weißbrot. Die Krankenschwester lacht und schneidet das Brot in schmale Streifen, die mich sehr an die Marmeladenbrotstreifen erinnern, die ich sonst dem Kind zubereite. Hier bin ich das Kind.

Lange hat mir nichts so gut geschmeckt. Ich lebe noch, und ich kann essen. Was für ein Glück. Die Marmeladenreste lecke ich aus der Packung.

100

Der Blutdruck wird in der Arterie gemessen, invasiv im rechten Arm; die Manschette um den Oberarm, die sich jede Viertelstunde aufbläst, bleibt mir erspart. Ich habe einen zentralen Venenkatheter mit drei oder vier angehängten Schläuchen am Hals, habe einen Blasenkatheter, eine T-Drainage und eine Wunddrainage. Sauerstoff, süßer Sauerstoff, dringt durch den kleinen Schlauch, der unter meiner Nase klebt, gluckernder Waldbach, ich kenne das ja schon.

101

Ich schlafe ein, wache wieder auf und wundere mich über den ungewohnt rot-grau-violetten Himmel. Er leuchtet, als wäre dieser Abend ein Abend auf einem anderen Planeten. Die Ente quakt Bestätigung, bewegen kann ich mich nicht. Trotzdem kommt eine Physiotherapeutin, sie zwingt mich, aufzustehen und drei Schritte zu gehen. Drei Schritte bis zum Abgrund. Sie hält mich, zieht mich zurück und hilft mir wieder ins Bett.

102

Die Apparate im Zimmer arbeiten für mich. Oder arbeite ich für die Apparate? Arbeitet dieser Körper, der da liegt, dieser Körper, in dem ich offenbar stecke, für die Apparate? Die Möglichkeit, daß ich es bin, der all die Geräte antreibt, geht mir nicht mehr aus dem Kopf. Natürlich, beginne ich zu phantasieren, deshalb wird der ganze Aufwand ja betrieben! Ich soll angezapft, ausgesaugt und verwertet werden.

103

Die blonde Frau mit den kohlrabenschwarzen Haaren liegt neben mir, die Schwestern und Pfleger in meinem Zimmer übersehen sie geflissentlich. Ich vermute, sie tun mir einen Gefallen: Kaum vorstellbar, daß es erlaubt ist, hier mit einer Frau im Bett zu liegen. In diesem Bett ist es trotzdem nicht eng, La Flaca scheint nicht viel Platz zu brauchen. Sie küßt mich, also ist sie wirklich da.

Die Transplantatfunktion war von Beginn an hervorragend, dopplersonographisch konnte eine regelgerechte Funktion nachgewiesen werden. Nach adäquater Volumensubstitution blieb Patient W. hämodynamisch stabil, so daß er mit stabilen Herz-Kreislauf-Verhältnissen sowie guter Leberfunktion auf die Normalpflegestation verlegt werden konnte.

104

Ich werde aus der Intensivstation hinausgeschoben, auf Wiedersehen, schöne Aussicht. Es geht ein Stockwerk tiefer, hinunter auf die Normalstation, in ein neues Zimmer. Und wieder habe ich Glück, ich werde auf der Fensterseite geparkt, Ausblick nach Süden. Hell ist es, heiß ist es. Draußen muß ein toller Sommer sein.

105

Auf dem Bett an der Schrankseite sitzt ein Mann und spielt mit einem Apfel. Er ist angezogen, er soll gleich entlassen werden, seine Tasche ist gepackt. Er wartet auf das Abschlußgespräch mit dem Arzt. Immer wieder steht er auf, geht zum Fenster, sieht hinaus, geht zurück zu seinem Bett, wirft seinen Apfel, ein Nachtischapfel offenbar, in die Luft, fängt ihn, dreht ihn in der Hand und wirft ihn wieder hoch. Sein Telefon klingelt, er spricht mit seiner Frau. Er sagt:

Nein, fahr bitte nicht los, ich warte noch auf den Arzt. Er geht weiter hin und her, spielt mit dem Apfel.

Schließlich kommt der Arzt, und er hat keine gute Nachricht. Ich liege da und höre zu, ich kann nicht anders, kann ja nicht aufstehen und hinausgehen, kann mir nicht einmal die Ohren zuhalten. Ich höre, daß mein Bettnachbar nicht mehr operiert werden kann. Tut mir leid, sagt der Arzt, wir können nicht transplantieren, der Krebs hat sich zu weit ausgebreitet, es tut mir sehr leid.

Der Mann, seinen Namen habe ich nicht verstanden, wir haben uns bloß guten Tag gesagt, als ich ins Zimmer geschoben wurde, weiß jetzt, daß er bald, sehr bald, dieses Jahr noch, in zwei oder drei, vielleicht auch erst in vier Monaten, tot sein wird. Er weiß das, der Arzt weiß das, ich weiß das, denn Leberkrebs, das geht ganz schnell. Er dreht den Apfel am Stiel, läßt ihn zwischen Daumen- und Zeigefingerkuppen kreiseln, der Fruchtstiel wird bald brechen.

Als der Arzt das Zimmer verlassen hat, fängt der Mann an zu weinen. Er fängt nicht bloß an zu weinen, er bricht in Tränen aus. Er steht am Fenster, ganz nah an meinem Bett, und heult. Ich weiß, warum, und kann nichts sagen. Sollte ich sagen: Tut mir leid, daß ich operiert werden konnte, Sie aber nicht?

Er nimmt sein Telefon vom Nachttisch, ruft seine Frau an und sagt: Du mußt nicht kommen. Nein, höre ich ihn sagen, bitte komm nicht, ich fahre allein nach Hause, ich nehme ein Taxi.

Von der Tür aus, er hat seine Tasche in der einen, die Klinke in der anderen Hand, eine dünne Jacke liegt über seinem Arm, winkt er mir zu und wünscht mir alles Gute. Das wünsche ich ihm auch.

106

Als ich aufwache, steht ein neues Bett da, ein Bett, aus dem es leise schnarcht. Ich sehe einen Schopf weißes Haar auf dem Kissen.

Eine Ärztin kommt ins Zimmer, sie hat auffallend rote Haare und trägt statt eines weißen Kittels blaue OP-Kleidung. Sie fragt, wie es mir gehe, ob ich Schmerzen hätte und wo ich die auf einer Skala von eins bis zehn verorten würde. Ist eins «fast schmerzfrei»? Und zehn «der Schmerz ist unaushaltbar»? Ich weiß nicht, was ich antworten soll.

107

Milch am Himmel, fünf Uhr früh. Eine Turbine jault in der Ferne, ich sehe die Türme des Kraftwerks, einen einsamen innerstädtischen Hochleitungsmasten und einen grauen Wolkenfleck im Himmelblau. Dann klettert die Sonne über die Flachdachkante gegenüber. Der ursprünglich weiß-orange geringelte, nun aber wettergraue Windsack leuchtet auf und grüßt, er hebt sich müde und sackt in sich zusammen, offengehalten bloß von einem Ring. Eigentlich soll er den Hubschrauberpiloten anzeigen, woher der Wind weht.

108

Warum steht mein Großvater plötzlich hier? Und spricht von einem Kameraden, der an einem Bauchschuß starb, neben ihm im Graben? Sonst hat mein Großvater nie vom

Krieg erzählt. Nur von dem Kompaß hat er immer wieder angefangen, dem Kompaß, den er während der Gefangenschaft in seiner Unterhose versteckt hielt, weil er wußte, den würde er noch brauchen. In Ungarn geriet er in russische Kriegsgefangenschaft und hatte Glück, er mußte nicht nach Sibirien, er war wohl schon zu alt, 1945 war er fünfzig, dieser Weltkrieg war schon sein zweiter. Und ich vermute, die Bauchschußgeschichte stammt aus dem ersten.

Jetzt steht er also hier an meinem Bett – wie ist er eigentlich in dieses Zimmer gekommen? Ist er nicht schon lange tot? Er kann doch gar nicht mehr am Leben sein. Er trägt Feldgrau und schwarze Stiefel und sieht aus, wie Wehrmachtsoffiziere in amerikanischen Filmen aussehen, Opa erzählt vom Krieg, ich höre nicht hin, ich will mir nicht erzählen lassen, immer sei alles ordentlich zugegangen. In Polen war er nicht dabei, er war bei einer Sitzkrieg-Einheit an der Westfront, dann hat er Frankreich erobert und Paris besetzt, worauf er ein klein wenig stolz gewesen sein dürfte, denn einen Krieg zuvor haben sie das nicht geschafft, er, sein Vater und seine beiden Brüder, einen Krieg zuvor ist es ihnen nicht gelungen, Paris zu erobern, und sein Vater und beide Brüder sind gefallen, an der Somme und in Verdun. Dann, nach der schönen Besatzungszeit in Frankreich, mußte er den Rußlandfeldzug mitmachen, Rußland aber sagte ihm nicht so zu, angeblich konnte er nie verstehen, was sie da eigentlich sollten, viel zu groß und viel zu kalt, und nirgendwo gab es Kinos, die hat er in Paris gemocht. Ich kenne ein Foto von ihm, da steht er vor dem Ciné Wepler an der Place de Clichy, ich habe mir die Stelle angesehen, fünfzig Jahre später, es gibt das Kino noch.

109

Eine Krähe landet auf der Stange, die den schlaffen Windsack hält, der Windsack erinnert mich an die Haube einer Nonne mit langen Haaren. Tragen Nonnen heute überhaupt noch Hauben? Krankenschwestern, obwohl das ja einmal zu ihrer Ikonographie gehörte, tragen keine mehr. Die Holzschnitte in einer Ausgabe von Boccaccios *Dekameron* fallen mir wieder ein, gerade wegen dieser meist erotischen Holzschnitte faszinierte mich das Buch schon früh, ich blätterte manchmal hinein, es stand im Zimmer meines Vaters, sehr weit unten im Regal. Einige der abgebildeten Nonnen waren nackt, eine von ihnen trug die Hose ihres Liebhabers statt ihrer Haube auf dem Kopf. Der Wind bewegt den Sack aus Stoff, er regt sich, da war wohl ein Hauch, und fällt wieder in sich zusammen.

110

Körperlicher Schmerz ist immer Gegenwart, ist unmittelbar, Schmerz ist Jetzt. In der Erinnerung ist Schmerz schon weniger groß, retrospektiv wird er immer kleiner. Schon am nächsten Morgen war es eigentlich nicht mehr so schlimm. Der Schmerz läßt nach, er beherrscht nur den Moment.

So lange es weh tut, bin ich noch da.

III

Als Kind hatte ich die Vorstellung, daß ich eines Tages an einen Ort komme, an dem ich alles erfahren werde, einen Ort, an dem sich alles klärt, alle Fragen, Rätsel und Probleme. Einen Ort, an dem sich herausstellt, was es mit diesem Leben auf sich hat, was dieses Leben überhaupt soll, wozu ich auf der Welt bin und warum was geschieht. Ich dachte, daß sich dort auch alle weiteren Fragen klären – was es mit den Sternen und dem Weltall, den Milchstraßen und Galaxienhaufen auf sich hat, warum das All so groß und wir so klein sind, wie es mit dem Leben auf der Erde anfing, warum die Dinosaurier ausgestorben sind, wir, die Menschen, aber noch nicht, und wann es für uns soweit ist etc. etc.

Einmal, ich war neun oder zehn Jahre alt, wollte ich es wissen und stellte mich mit einem Dolch in der Hand, einem Dolch, den unsere Nachbarin mir aus Marokko mitgebracht hatte, aufs Bett in meinem Zimmer und überlegte, mich in dessen stumpfe Klinge zu stürzen. So, dachte ich, müßte sich doch herausfinden lassen, was nach diesem Leben passiert. Was der Religionsunterricht in der Schule mir bis dahin als Antwort auf diese Frage angeboten hatte – Bibelgeschichten, der liebe Gott, Auferstehung und das ewige Leben –, hatte mich nicht zufriedengestellt, die Religionslehrerin schien keine Ahnung zu haben von dem, was nach dem Tod geschieht, ich aber wollte es wissen und hatte vor, mir dazu diesen Dolch, der eher ein Zier- und Dekodolch als eine gefährliche Waffe war, durch das rote Cordhemd zu stoßen, das ich an diesem Tag trug. Die Möglichkeit, daß überhaupt nichts kommen könnte, habe ich damals noch nicht in Betracht gezogen, vielleicht kommt ja wirklich nichts, gar nichts mehr, denke ich heute nicht so selten, vielleicht bleiben alle Rätsel ungelöst und alle Fragen offen. Das zu denken fällt allerdings nicht leicht, denn das Nichts ist für ein Ich ja fast eine Beleidigung – der eigenen Eitelkeit tut die Einsicht weh, daß man selbst nicht wichtig genug sein könnte, um auch nach dem Tod noch dazusein.

Ach ja, ich erinnere mich, deshalb bekommt der Mensch ja Kinder.

112

Die Ärztin mit den roten Haaren, die so beeindruckend über ihrer blauen OP-Jacke leuchten, befragt mich wieder zu den Schmerzen. Es gefällt mir, so zu tun, als sei alles gar nicht so schlimm. Indianer kennen keinen Schmerz, hieß es früher, ein Spruch meiner Mutter, stell dich nicht so an, sagte sie genauso gern. Deutscher sein hieß auch Indianer sein, behauptete jedenfalls Heiner Müller – dieses Zitat von ihm hing in Paris, aus einer Zeitung ausgerissen, in der Küche der Wohnung in der Rue des Martyrs, Rebecca hatte es gefunden und mit Tesafilm an den Kühlschrank geklebt.

113

Ein Schmerzmittel läuft in mich hinein, was sollte also weh tun? Zusätzlich habe ich die Tropfen, die ich selbst dosieren darf. Alle sechs Stunden lasse ich fünfundzwanzig Tropfen, ach, warum nicht dreißig, dreiunddreißig, in mich hereintropfen, viel hilft viel, und alles wird gut. Sanfte Betäubung legt sich über mich, ein Wundermittel, wirklich, ich schwebe über meinem Bett, ich bin so leicht, ich fliege. Nach und nach lasse ich mir von verschiedenen Schwestern neue Fläschchen geben, bevor die angebrochenen leer sind, ich bunkere sie im Nachtschrank, richtig buchgeführt wird nicht. Ich freue mich auf die Party, die ich eines Tages damit feiern werde.

114

Ich kann nicht aufstehen, ich kann nicht gehen, ich kann gar nichts. Im Liegen schaue ich an die Decke, und die Decke schaut zurück. Manchmal starre ich zur Abwechslung die Wand an, und auch die Wand starrt zurück. Mein Bettnachbar schläft, ich höre ihn leise schnarchen.

115

Es gibt Leberwurst zum Abendbrot. Ein rundes Metalldöschen mit Foliendeckel liegt auf dem Tablett, ausgerechnet Leberwurst, Leberwurst habe ich schon als Kind nicht gemocht, angewidert schiebe ich die Packung zur Seite. Fünf oder sechs Tage nach einer Lebertransplantation, ist da Leberwurst nicht ein wenig rücksichtslos?

116

Leber habe ich noch nie gemocht. Vor ihrem Geruch und ihrer eigentümlichen Konsistenz habe ich mich immer geekelt. Wenn es, meine Großmutter hat das hin und wieder zubereitet, gebratene Leber mit Zwiebeln, Apfelringen und Kartoffelpüree gab, habe ich das Püree gegessen, die Leber aber nicht, die rührte ich genausowenig wie Leberwurst an, diese blaßrosafarbene, oft leicht matschige Masse, die meist in einer weißen oder cremeweißen wachsartigen Pelle steckt. Zum Abendbrot lag sie neben dem Schinken und der Fleischwurst auf dem Drehteller, der in der Mitte des runden Eßtischs stand. Leberknödelsuppe habe ich hingegen, seltsam, immer gern gegessen.

117

Ich höre einen Hubschrauber, sehe ihn aber nicht, der Nachthimmel im Fensterausschnitt ist schwarz. Ich höre den Hubschrauber landen, hat er einen Schwerverletzten gebracht? Neue Organe? Er bleibt nicht lange, hebt wieder ab, und ich fliege mit, hänge an seinen Kufen, hoch über der Stadt, und sehe alles von oben, das Klinikum, den Westhafen, die Stadtautobahn und den Flughafen Tegel, wie lange kann ich mich so halten? Lichter, Lärm, Krach, dann wieder Stille, schöne Stille. Es ist so leise im Krankenhaus, ich höre die Wände, was erzählt ihr mir, liebe Wände, ich höre euch flüstern und meinen Bettnachbarn atmen, manchmal gibt es ein Geräusch auf dem Flur, aus der Ferne, ein Geräusch, das die Stille davor vertont. Niemand schreit, keiner stöhnt, alle schlafen.

118

Eine Schwester bringt mir das Stationstelefon. B. ist am Apparat, er ruft aus Italien an und sagt, es gehe mir gut. Auf seine Bitte hin, ich habe das wohl verschlafen, hat eine seiner Schülerinnen, Ärztin auf der Nachbarstation, nach mir gesehen. Die Werte, sagt er, seien erfreulich. Es geht Ihnen gut, es geht Ihnen sehr gut. Wie schön, das von ihm zu hören. Jetzt glaube ich es auch.

Er sitzt auf seiner italienischen Terrasse mit Blick aufs Meer. Ich müßte mich vorbeugen, und Vorbeugen fällt mir schwer, um den Kanal zu sehen, den Berlin-Spandauer-Schiffahrtskanal, vielleicht auch einen der mit Kohle beladenen Kähne. Die herangeschipperte Kohle wird später im Kraftwerk Westhafen verfeuert, sie erzeugt den Strom, der hier die Apparate leuchten, blinken und piepen läßt.

119

Auf meinem Nachttisch finde ich eine Broschüre, ich weiß nicht, wer die dahin gelegt hat. Ihr farbiges Titelbild zeigt einen Kolbenfüller in halbverschwommener Großaufnahme, einen richtigen Angeberfüller mit Ziselierungen auf der Goldfeder. Die Broschüre, eigentlich bloß ein Faltblatt, heißt «Der Dankesbrief», ich lese:

Wer etwas geschenkt bekommt, hat das Bedürfnis, sich zu bedanken. Ist das Geschenk von so unschätzbarem Wert wie ein lebensrettendes Organ, erscheint vielen Organempfängern ein einfaches «Dankeschön» als zu wenig.

Habe ich das Bedürfnis, mich zu bedanken? Als Kind hatte ich nie große Lust dazu. Immer wurde ich ermahnt, mich bei irgendeiner Tante zu bedanken, selbst wenn es Geschenke waren, die mir nicht gefielen. Mal doch ein Bild, oder schreib eine Karte, höre ich die Stimme meiner Mutter sagen, und dann saß ich vor einem leeren weißen Blatt. Für den Dolch, den ich mir als Neun- oder Zehnjähriger in den Bauch hatte rammen wollen, habe ich mich gern bedankt, in diesem Fall war es ganz leicht, ich malte ein Bild des Dolches, rollte die fertige Buntstiftzeichnung zusammen, band ein Stück Geschenkband darum und klingelte an der Haustür der Nachbarin, die ihn mir aus Marokko mitgebracht hatte, von einem Basar, nahm ich an, auf dem sie auch Zauberpferde und Wunderlampen hätte kaufen können. Für die Zeichnung, die Nachbarin hatte keine Kinder, bekam ich dann Kekse oder Schokolade, genau weiß ich das nicht mehr. Deshalb brachte ich ihr öfter Bilder.

Die gesetzlichen Rahmenbedingungen in Deutschland ermöglichen es derzeit nicht, die Identität der Familie des Organspenders zu erfahren. Ein anonymer Dankesbrief ist eine Möglichkeit des Dankes, zu dem wir Sie ermutigen möchten. Der Dank an die Angehörigen des Spenders kann ein wichtiger Schritt für Sie selbst als auch für die Spenderfamilie sein. Für die Angehörigen ist der Erhalt eines solchen Briefes ein ganz besonderes und sehr emotionales Ereignis und wird als Bestätigung aufgefaßt, das Richtige getan zu haben. Ein großer Teil der Spenderfamilien wünscht sich ein solches Zeichen.

Ja? Ich bräuchte erst einmal Briefpapier. Ich müßte in die Schreibwarenhandlung am Amrumer Platz, müßte aufstehen, mich anziehen und das Zimmer verlassen, dann den Flur entlang, am Glaskasten vorbei und durch die Stationstür hindurch zu den Aufzügen gehen, müßte auf einen Aufzug warten, ihn betreten, den Knopf mit dem E für Erdgeschoß drücken und hinunterfahren. Ich müßte mich auf der Mittelallee unter den Kastanien Richtung Haupteingang orientieren, müßte den Hof und die Torhäuser durchqueren, vorbei an dem Blumenstand und der nach Fett stinkenden Imbißbude, müßte durch trostlose Grünanlagen hindurch und über die riesige Kreuzung, die durch nichts verrät, daß sie ein Platz sein will, und schließlich die Tür zur Schreibwarenhandlung öffnen, hinter dem Wendehammer der Triftstraße, ich war schon oft dort, ich liebe dieses Geschäft. Dort könnte ich Briefpapier kaufen und einen neuen Füller, einen dritten, vierten oder fünften Füller, einen, der nicht ausläuft, und mit dem mir, so mein magisches Denken, das Schreiben leichter fallen wird, weil ein neuer Füller sicher etwas zu sagen hat, die Sätze werden aus ihm herausfließen, einfach so.

Bei der Formulierung eines Dankesbriefes entstehen viele Fragen: Darf ich einen solchen Brief schreiben? Werde ich die richtigen Worte finden, um die Gefühle der trauernden Familie nicht zu verletzen? Wohin schicke ich den Brief?

Ich habe schon immer gerne Briefe geschrieben, ich habe eigentlich immer lieber Briefe geschrieben, als zu reden, ja, denke ich jetzt, ich habe immer lieber Briefe geschrieben, als zu sagen, was sich nicht sagen läßt. Einmal ist es schon vorgekommen, daß ich an eine mir völlig unbekannte Frau geschrieben habe, an eine Finnin, das muß im Jahr 1991 oder 1992 gewesen sein. Ich schrieb ihr, weil ich jahrelang eine aus einer Jugendzeitschrift herausgerissene Kleinanzeige aufgehoben hatte, in der stand, daß sie, die Finnin, Brieffreundschaften suche, ihre Hobbys seien *sailing, surfing, and reading*. Auf dem winzigen, kaum kinderfingernagelgroßen Foto lächelte ein blondes Mädchen mit lockigem Pagenkopf – ich nahm jedenfalls an, daß sie blond war, das Foto war schwarzweiß –, sie lächelte, und ich war mir sicher: Dieses Lächeln meint genau mich. Ich war zwölf oder dreizehn Jahre alt, sie aber schon fünfzehn, ich wußte, schreibe ich ihr jetzt, habe ich keine Chance. Also riß ich die Anzeige aus der Zeitschrift und legte das kleine Stück Papier in eine Schreibtischschublade. Sieben oder acht Jahre später, ich war von zu Hause aus- und ein paarmal umgezogen, räumte ich meinen Schreibtisch auf und stieß auf diesen Zettel, wollte ihn schon wegwerfen, dachte dann aber: Was soll's, nun habe ich dich, *Girl from the North Country*, schon so lange aufgehoben, jetzt kann ich dir auch schreiben. Und ich schrieb ihr ein paar Sätze zu meinem Leben und wie es dazu kam, daß sie erst jetzt einen Brief von mir erhielt. Nicht einmal zwei Wochen später lag eine Antwort in meinem Briefkasten. Sie schrieb, sie habe sich gewundert und sehr gefreut, ihre Mutter habe ihr meinen Brief aus ihrer Heimatstadt nachgesendet, sie lebe jetzt in Helsinki, habe eine Katze und arbeite als Verwaltungsangestellte. Obwohl sie damals, sieben oder acht Jahre zuvor, über zweihundert Briefe bekommen habe, sei keine dauerhafte Brieffreundschaft entstanden.

120

Auf dem Faltblatt, ich halte es noch in der Hand, ist nicht von Brieffreundschaft die Rede. Es heißt, ich müßte einen anonymen Brief schreiben und dürfte nichts Persönliches verraten, nichts, das auf irgendeine Weise Rückschlüsse auf meine Identität zuläßt. Wie aber soll ich einen ganz und gar unpersönlichen Brief schreiben? Wäre das nicht ein eigenartiger Brief, wenn ich nichts über mich verraten dürfte? Nicht meinen Namen, nicht mein Alter, nicht den Namen der Stadt, in der ich lebe, vielleicht nicht einmal mein Geschlecht? In diesem Brief müßte ich Mann oder Frau ohne Eigenschaften sein. Und selbst dann wäre es nicht sicher, daß dieser Brief die Angehörigen des Spenders auch erreicht, denn sie, die Hinterbliebenen, dürfen selbst entscheiden, ob sie einen solchen Brief lesen wollen oder nicht. Die Vermittlungsstelle teilt ihnen bloß mit, daß ein Organempfänger geschrieben hat. Und falls sie ihn nicht ablehnen, diesen Brief, sondern lesen – antworten dürfen sie nicht.

121

Aber kann ich einen Brief schreiben, wenn ich schon weiß, daß ich nie eine Antwort bekommen werde? Ich warte doch immer auf eine Antwort, das war als Kind schon so. Ich wartete so sehr, daß ich bereits morgens um Viertel vor sieben, noch im Schlafanzug, kurz vor die Tür trat, um in den Briefkasten zu schauen, weil ich wissen wollte, ob über Nacht vielleicht Post gekommen war. Meine Mutter ertappte mich einmal dabei und fragte, was ich da mache, morgens um Viertel vor sieben im Schlafanzug vor der Haustür. Ich versuchte, mich damit herauszureden, daß ich die Brötchen hätte hereinholen wollen, die allerdings noch gar nicht da waren, der Wagen der Bäckerei, der die Brötchen brachte, kam meist erst gegen zwanzig nach sieben vorbeigefahren, der Beifahrer, ein Lehrling, nur ein paar Jahre älter als ich, hatte die Brötchentüte noch gar nicht auf den oberen Absatz unserer Steintreppe geschleudert. Gegen Mittag, als ich aus der Schule kam, fand ich dann, ich hatte so sehr darauf gewartet, in der Küche einen Brief von Andrea, den sie mir aus Frankreich geschrieben hatte, sie verbrachte ein paar Tage bei ihrer Austauschschülerin. Ganz aufgeregt war ich über den Schluß des Briefs, stand da doch tatsächlich: «Gruß und Kuß Dein» ... es folgte, etwas unleserlich, ein Name, den ich nur mit großer Mühe und Phantasie als *Andrea* entziffern konnte. Nachdem ich den Brief mehrere Stunden lang immer wieder gelesen und geküßt hatte, kam mir der Gedanke, da könnte statt ihres Namens der Name Julius stehen, was grammatikalisch auch besser zu *Dein* paßte, denn da stand eindeutig *Dein* und nicht *Deine*, zudem fehlte das Komma. Wer aber war dieser Julius? Was bedeutet «Gruß und Kuß Dein Julius»? Hatte sie mir nun einen Kuß geschickt oder nicht? Ich war verwirrt.

122

Jahre später, in Paris, die Post kam noch zweimal am Tag, hatte ich zuweilen das Glück, vormittags *und* nachmittags einen Brief von Rebecca im Kasten zu finden, meist in Umschlägen, die sie aus herausgerissenen Seiten einer Zeitschrift oder dem Programmheft eines Theaters gefaltet hatte, ich machte das nicht anders. Manchmal wüßte ich gern, was wir uns damals geschrieben haben, aber eigentlich reicht es aus, daß es ihre Briefe noch gibt. Sie liegen, zusammengebunden, in einem kleinen Koffer, der auf dem Zwischenboden oder in der Abstellkammer steht. Meine eigenen Briefe hat sie sicher weggeworfen, lange vor ihrem Tod, dabei bin ich manchmal weit gewandert, um ihr einen zu bringen – so, wie ich auf ihre Briefe wartete, wartete sie auf meine, jedenfalls kam mir das so vor. Einmal, noch in Berlin, bin ich nachts gegen halb drei in Charlottenburg losgegangen, am Landwehrkanal entlang, durch den Tiergarten und durch Schöneberg bis nach Kreuzberg, durch den Görlitzer Park und die Schlesische Straße hinunter, über die Oberbaumbrücke, deren Türme damals noch in der Spree lagen, und auf der Friedrichshainer Seite vorbei am alten S-Bahnhof die Warschauer Straße hinauf. Eine Nachtwanderung mit Umwegen, nur um in der Boxhagener Straße ein Kuvert in den Kasten zu werfen, eine Nachricht, die sie am Morgen finden sollte, mit dem Vorschlag, wo wir uns am Nachmittag treffen könnten, ein paar Zeilen nur, an denen ich vier oder fünf Stunden gesessen hatte. Die Tür zu ihrem Haus, ihrem damals selbstverständlich unsanierten Haus, stand immer offen, die verrosteten Briefkästen waren erreichbar, klingeln aber durfte ich nicht, sie wohnte ja noch mit ihrem Freund oder Ex-Freund zusammen, es war kompliziert. Als ich wieder in meiner Wohnung ankam, schien die Sonne.

123

Mein Bettnachbar, dem der rechte Leberlappen entfernt wurde, kann in der Hitze nicht schlafen. Eines Nachts vertraut er mir an, daß die langjährige Freundin seines Sohns, seine Schwiegertochter in spe, die Frau, die für ihn wie eine Tochter war, sich auf einer Kubareise, einer vorgezogenen Hochzeitsreise der beiden, in einen Kubaner verliebt habe. Sie habe sich sofort, noch dort in der Karibik, von seinem Sohn getrennt und den Kubaner aus Kuba herausgeheiratet. Sein Sohn sei danach etwas ins Trudeln geraten. Heute habe er, Studienrat an einem Gymnasium in Steglitz, ein Verhältnis mit einer verheirateten Kollegin, die Kollegin sei Mutter zweier Kinder. So habe er sich das für seinen Sohn eigentlich nicht vorgestellt, sagt mein Bettnachbar, aber am Ende führe jeder ja sein eigenes Leben.

124

Es ist so heiß, daß ich fast nackt unter einem Laken liege. Ich hebe es nicht gerne an – den Bauch, meinen Bauch, den Bauch dieses Körpers möchte ich nicht sehen. Eine der Schwestern hebt es dann an, zieht es weg, und bevor sie ein neues über mich legt – sie schlägt es in ganzer Länge aus und läßt es wie einen sehr flachen Fallschirm auf mich niedersinken –, sehe ich es doch, dieses Etwas, das sich unterhalb meines Brustkorbs in die Haut gekrallt hat, sieht aus wie ein riesiges schwarzes Insekt. Sind so große Insekten nicht längst ausgestorben?

Das riesige schwarze Etwas ist die mit schwarzem Faden

vernähte Wurst aus Haut, die sich vom unteren Ende des Brustbeins bis zum Nabel zieht und dort in zwei weitere Hautwürste teilt, die schräg nach unten Richtung Beckenknochen verlaufen. Wunden auf Gemälden habe ich mir immer gern angesehen, aber das? Zwei Plastikschläuche ragen rechts aus mir heraus, genau dort, wo ich als Kind immer Seitenstechen hatte, wenn ich zu schnell gerannt bin oder beim Laufen falsch geatmet habe. Die beiden Schläuche bohren sich durch die Haut, als wäre mir eine Schnittstelle eingebaut worden, leider kein USB, ich kann mein Telefon nicht anschließen, es sind bloß analoge Schläuche. Und plötzlich, bisher kannte ich das Wort ja nur aus dem Computerzusammenhang, verstehe ich es zum ersten Mal in seinem eigentlichen Sinn: Die Schnittstelle ist die Wunde, die Wunde ist die Schnittstelle, hier geht es herein und wieder hinaus.

125

B. ist zurück aus Italien, steht im Zimmer und erzählt. Er erzählt, daß die erste Lebertransplantation in Denver, Colorado, durchgeführt worden sei, unter der Leitung des Chirurgen Thomas Starzl, 1963 sei das gewesen, er habe ihn später oft auf Kongressen getroffen. In den Jahren danach seien weitere Lebertransplantationen gelungen, aber erst 1967, dem Jahr der ersten Herztransplantation, habe ein transplantierter Patient länger als zwölf Monate überlebt. Chirurgisch habe die Operation schon früh kein allzu großes Hindernis mehr dargestellt, Schwierigkeiten hätten dagegen die Abstoßungsreaktionen bereitet. Ohne wirksame Unterdrückung reagiere das Immunsystem der Empfänger auf das neue Organ, die Ein-Jahres-Überlebensrate habe damals bei fünfundzwanzig Prozent gelegen, von vier Transplantierten habe nach einem Jahr also nur noch ein einziger gelebt.

Fast zehn Jahre, höre ich, gab es kaum Fortschritte, dann wurden neue Medikamente entwickelt, Ciclosporin und andere Calcineurinhemmer kamen auf den Markt, und 1984, o Wunder, wurde am Fuß des Berges Tsukuba, in der Nähe von Tokio, in einer Bodenprobe ein bis dahin unbekanntes Bakterium mit erstaunlicher immunsuppressiver Wirkung entdeckt. Das Medikament, das aus dem Wirkstoff dieses Bakteriums entwickelt und 1994 erstmals zugelassen wurde, schlucke ich nun jeden Morgen und jeden Abend, seinetwegen geht es mir so gut.

In Starzls Autobiographie, B. hat sie mir mitgebracht, ich blättere ein wenig darin herum, beschreibt er, wie er bei einem Spaziergang durch einen Park zwei Mädchen beobachtet und nach seinen beiden Hunden ruft. Auf einmal ist von *seinen* Hunden die Rede, nachdem er zuvor Tausende Hunde bei seinen Transplantationsversuchen getötet hat, jahrelang hat er die Transplantationschirurgie an Hunden geübt, immer wieder Hundelebern von Hund zu Hund transplantiert und alle möglichen Immunsuppressiva in allen möglichen Kombinationen an ihnen ausprobiert.

Und die ganze Zeit über hatte er Hunde?

Nun denke ich an all die Hunde, die auch für mich gestorben sind.

126

Die Schwester hat einen Ventilator gefunden und zu uns ins Zimmer gestellt, er dreht sich, schwenkt hin und her und verwirbelt die Luft, nachts aber, das war schon gestern und vorgestern der Fall, nimmt ihn sich die Nachtschwester. Sie denkt wohl, wir schlafen, es ist bestimmt auch in ihrem Zimmer heiß. Auf Nachfrage bringt eine andere Schwester ihn vormittags zurück.

127

So heiß wie jetzt war mir zuletzt vor vier oder fünf Jahren, in Italien, als ich Julia am Gardasee besuchte, in einem Haus, das ihrer Freundin Judith von einem älteren Verehrer für ein paar Wochen im Sommer überlassen worden war. Julia rief mich von dort aus an, schwärmte von dem Anwesen und lud mich ein, ja bekniete mich zu kommen, also buchte ich kurzentschlossen, flog von Berlin nach Bergamo und fuhr von dort mit dem Zug über Vincenza und Brescia nach Desenzano am südlichen Ufer des Gardasees. Als ich dort ausstieg, war es kurz vor halb zwei am Nachmittag, der Bus, der am Westufer nach Norden fahren sollte, fuhr erst nach vier. Die Bar im Bahnhofsgebäude war geschlossen, also setzte ich mich auf eine Bank auf dem Vorplatz und wartete. Ohne Gepäck wäre ich vielleicht gelaufen, es waren nur zehn Kilometer, aber es war heiß, sehr heiß, und meine Tasche, die braune Tasche, die jetzt im Krankenhausschrank steht, war schwer, ich hatte zu viele Bücher mitgenommen.

Nachdem ich auf dieser Bank fast eine Stunde einfach nur

dagesessen und mich möglichst wenig bewegt hatte, nahm ich ein Buch heraus, in das ich schon im Flugzeug hatte hineinlesen wollen, eines, das ich eingesteckt hatte, weil ich wußte, daß es in Italien spielt. Ich las hinein und wunderte mich, als ich auf einer Seite auf den Namen Desenzano stieß, den Namen des Ortes, in dem ich mich gerade befand, und wunderte mich weiter, als mir klarwurde, daß in dem Buch von ebendiesem Bahnhof, dem Stationsgebäude und den Taxifahrern auf dem Vorplatz die Rede war, die ich, genau wie beschrieben, in ihren Taxis dösen sah. Und weil sogar das Pissoir geschildert wurde, die Bahnhofstoilette, die sich seit der Erbauung um die Jahrhundertwende angeblich, so hieß es, nicht oder kaum verändert hatte, und ich sowieso aufs Klo mußte, machte ich mich auf, es zu suchen, dachte dabei, daß ich das Wort *Bahnhofspissoir* sicher seit dem Tod meines Großvaters vor über zwanzig Jahren niemanden mehr hatte sagen hören, und fand mich schließlich vor dem Waschbekken und dem darüber angebrachten stumpfen Spiegel wieder, von dem ich fünf Minuten zuvor gelesen hatte. Er hing noch genau so da.

Der blaue Bus, der fahrplanmäßig kam, war leer. Der Busfahrer verkaufte mir eine Fahrkarte, ich blieb der einzige Passagier, den er am gleißenden See entlang durch Salò bis nach Gargnano kutschierte. Julia und Judith, beide schon braungebrannt, traf ich unten am Ufer, rauchend, sie rauchten eigentlich immer, die ganze Zeit. Ich glaube, in den folgenden Tagen sah ich sie nicht ein einziges Mal ohne Zigarette, Judith ging sogar mit Zigarette ins Wasser, aber bloß bis zu den Knien, der See war eiskalt. Erst am späten Abend, nach dem Essen auf der Terrasse des Hauses mit Berg- und Seeblick, verrieten sie mir, daß Judiths Verehrer, der ältere

Mann, dem das Anwesen gehörte, drei Tage zuvor gestorben war, sehr überraschend, hier am See, am Tag ihrer Ankunft, nicht in dem großen, alten Haus, in dem wir untergebracht waren, sondern in dem kleineren, neueren, weiter oben auf dem Grundstück gelegenen Gebäude, das ein nicht unbekannter Berliner Architekt an Stelle des ehemaligen Stallgebäudes, der Stalla, errichtet hatte. Nun verstand ich, warum Julia gesagt hatte, es gebe hier viel Platz. Alle anderen Sommergäste waren abgereist, wir drei waren allein, ihr Kind hatte Judith bei seinem Vater gelassen. Der See, das weiß ich noch, machte nachts glucksende Geräusche, und die senkrechten Felswände des gegenüberliegenden Ufers sahen im Mondlicht wie riesige Grabsteine aus.

Am nächsten oder übernächsten Tag mieteten wir eine Dyas – Julia, die Bootsbauertochter, kannte sich mit Booten aus –, segelten hinüber nach Malcesine und aßen ausgerechnet in dem Hotel zu Mittag, in dem ich den letzten Kinderurlaub mit meinen Eltern verbracht hatte. Am Abend, als wir das Boot zurückbrachten, schmerzte mein Rücken vom Sonnenbrand.

Bald darauf brachten wir Judith zum Bahnhof in Rovereto, sie stieg in einen Zug nach Triest, um dort den Maler zu treffen, mit dem sie damals ein Verhältnis hatte, einen Maler, den ich in Berlin noch heute hin und wieder auf der Straße sehe, wir grüßen uns, er wohnt in der Nachbarschaft, ist verheiratet und hat zwei Kinder. Julia und ich blieben noch ein paar Tage in dem Haus oberhalb des Sees, gingen schwimmen, lasen und spielten Federball, pflückten Tomaten, die im oleanderüberwucherten Garten wuchsen, und kochten daraus Tomatensauce, fuhren mit dem Auto spazieren und aßen abends in einer Dorfgaststätte oben in den Bergen.

Dem Sterbehaus, einem weißen, in der Sonne leuchtenden Kasten, kamen wir nicht zu nahe.

Oder war es ganz anders, frage ich mich jetzt? Kein Zweifel, es war sehr heiß. Und ich erinnere mich, daß eine der beiden Frauen den grandiosen Einfall gehabt hatte, noch vor ihrer Abreise aus Berlin einen gefütterten Umschlag mit Gras an den Gardasee zu schicken, er kam allerdings leer an. Und daß wir eines Nachts in der Dunkelheit am See saßen und rauchten und unser einziges Feuerzeug zwischen die großen, glitschigen Kieselsteine fiel. Und daß wir dieses Feuerzeug daraufhin fast eine Stunde lang verzweifelt suchten, auf allen vieren, und uns dabei, bekifft und besoffen, wie wir waren, kaputtlachten. Daß, solange wir suchten, eine Zigarette an der anderen angezündet werden mußte, pausenlos.

128

Mein Bettnachbar, dem die halbe Leber entfernt wurde und die Schwiegertochter in Kuba abhanden kam, wird in eine andere Klinik verlegt. Einen Vormittag lang liege ich allein im Zimmer, dann verkündet die Stationsschwester, daß ich das Zimmer wechseln müsse, schöner, noch schöner werde das neue Zimmer sein, ich aber weiß schon, das ist Stationshumor, die Zimmer sind alle gleich. Sie nimmt meine Tasche aus dem Schließfach, beginnt, sie für mich zu packen, und fährt mich, kleine Reise, einen Raum weiter, schiebt mich auch dort ans Fenster. Den Nachtschrank rollt ein Pflegepraktikant hinter uns her, mein Schmerzmitteldepot bleibt unentdeckt.

129

Weil ich wieder so geschwitzt habe, bringt die Schwester mir ein neues Nachthemd, hilft mir aus dem, das ich noch trage, heraus, zieht mir das frische über den Kopf und knöpft es im Nacken zu, die Schläuche und die anhängenden Beutel führt sie vorsichtig durch den kurzen Ärmel. Allein anziehen kann ich mich noch nicht. Mir gefällt, daß die Schwester nicht Nachthemd, sondern Flügelhemd sagt. Flügel hätte ich nämlich gerne.

Ich muß an Rebeccas Nachthemd denken, das in Paris fast ein halbes Jahr unter meinem Kopfkissen lag, in der Wohnung, in der das Heiner-Müller-Zitat hing, Deutscher sein hieß auch Indianer sein, das las ich da jeden Morgen. Ihr Nachthemd, ein weißes, von ihrer Großmutter geerbtes Spitzennachthemd, hatte sie nach ihrem ersten Besuch dagelassen, als Andenken, außerdem konnte sie so behaupten, sie habe noch ein Nachthemd in Paris. Bei ihrem zweiten Besuch ärgerte sie sich, daß ich es nicht gewaschen hatte, das aber hatte ich mit gutem Grund nicht getan, ich wollte ja, daß etwas roch wie sie.

Ich greife unter das dünne Krankenhauskissen – aber da liegt nur mein stumm und auf Vibration geschaltetes Telefon mit dem Kopfhörerkabel, kein geerbtes Spitzennachthemd, schade. Sonderbarerweise habe ich noch heute, anderthalb, bald zwei Jahrzehnte später, eine genaue Vorstellung davon, wie dieses Nachthemd roch. Es war eine Geruchsbatterie, verströmte Rebeccas Duft, der mir nun, so wie ich ihn in Erinnerung habe, in die Nase steigt. Hatte sie das Nachthemd an, war es ziemlich durchsichtig. Trug sie keine Unterhose, leuchtete ihr Schamhaar durch die Spitze.

130

Und wieder: Kann ich meiner Erinnerung trauen? Wurde mir vielleicht eine neue eingepflanzt? Habe ich auf einmal eine andere Vergangenheit und das bisher nur nicht bemerkt? Sind das womöglich deine Erinnerungen? War das nicht Rebeccas Nachthemd, sondern deins?

Ich bin jetzt eine Chimäre, B. hat es mir erklärt: Nach einer Transplantation zeigt sich ein Chimärismus im Knochenmark des Organempfängers. Genotypisch bin ich nicht mehr nur der, der ich war, ich bin jetzt auch die Person des Spenders, also du. Die Biochemie, die in mir Bewußtsein erzeugt, ist eine andere geworden. Ich glaube, es ist deine. Ich habe nun Proteine im Blut, die ich vorher nicht hatte, weil meine eigene Leber sie nicht mehr oder noch nie produzieren konnte, also könnte ich Gefühle haben, die ich noch nicht oder nicht mehr kenne. Ich bin ein zusammengesetzter neuer Mensch, ergänzt und verbessert, eine Chimäre, ein Hybrid, ein Replikant beinah.

131

In *Reasons and Persons* fragt Derek Parfit sich, wie viele Zellen seines Körpers er nach und nach gegen Zellen von Greta Garbos Körper austauschen müßte, um schließlich Greta Garbo zu sein. Reichen die Zellen einer Hand? Die der Beine? Müssen die des Gesichts dabeisein? Braucht es die von Greta Garbos Gehirn? Parfit meint, die Identität einer Person sei im Grunde unbestimmbar und nach ihr zu fragen irrelevant, denn psychologische und physiologische Kontinuität setze keine Identität voraus, die sei nicht überlebenswichtig. Ich könnte also Derek Parfit, Greta Garbo oder irgend jemand anders geworden sein, zum Beispiel du. Zellen von dir habe ich ja genug in mir – aber halt, ich denke, Identität spielt keine Rolle, ach, ich werde dich, mich, uns von nun an Greta Garbo nennen.

132

In der Nacht wache ich wieder vom Hubschrauber auf. Bringt er eine Kühltasche mit zwei Nieren und einem Herzen auf Eis? Eine Lunge, eine Bauchspeicheldrüse? Mitten in der Nacht klingen landende Hubschrauber nach Vietnamkriegsfilmen, *Apocalypse Now*, ich liege in einem heißen Zimmer unter einem Deckenventilator, ich esse Erbsen, ich fliege in einem Hubschrauber, höre den *Walkürenritt*, sehe die Wellen, brennende Dörfer und den Napalmregen, der auf den Dschungel niedergeht, fahre auf dem Patrouillenboot den Pseudo-Kongo hinauf, und bevor ich ins Herz der Finsternis vorgedrungen bin, schiebt sich, Schnitt, ein anderer Film darüber, die Szene am Ende von *Revenge of the Sith, Star Wars Episode III*: Anakin Skywalker kämpft mit seinem Freund und Lehrmeister Obi Wan Kenobi, wird besiegt und rutscht verstümmelt, ihm fehlen beide Beine, in rotglühende Lava hinein, sein Körper beginnt zu brennen, nur seine mechanische Handprothese hält ihn, Anakin müßte eigentlich tot sein, wird aber vom überraschend eintreffenden Imperator gerettet, Roboter operieren seinen Restkörper, verbessern und ergänzen ihn, passen ihm neue Superprothesen an und setzen ihm den schwarzen Helm auf, Atemmaske und

Sichtgerät zugleich, die Haube, die Anakin zu Darth Vader macht – ich hole Luft, mir schwirrt der Kopf. Stille.

133

Am nächsten Tag lese ich in der Zeitung von einem Landwirt, dem die Arme eines Toten transplantiert wurden, seine eigenen hatte er in einem Maishäcksler verloren. Die Operation dauerte fünfzehn Stunden, mehr als vierzig Chirurgen, Anästhesisten und Schwestern waren beteiligt, zwei parallel arbeitende Teams transplantierten jeweils einen Arm. Schwierig war das auch deshalb, weil mit den Armen so viel Haut mitübertragen wird. Fremde Haut löst beim Empfänger eine starke Immunreaktion aus, das Knochenmark der transplantierten Arme produziert ebenfalls Immunzellen, die wiederum den Empfänger attackieren. Während ich das lese, frage ich mich, wie dieser Patient immunsupprimiert wird, wie gigantisch hoch muß seine Dosis sein? Die Nerven müßten langsam einwachsen, lese ich weiter, schon nach einem Jahr, heißt es, werde der Patient einen Arm bewegen können, den anderen leider noch nicht. Schon nach einem Jahr? Ist das Wort *schon* hier angebracht? Ich schaue auf meinen linken Arm, dann auf meinen rechten, betrachte beide, bewege sie ein kleines bißchen – eigentlich gefallen sie mir ganz gut. Ich möchte sie behalten.

134

In einer Folge der Zeichentrickserie *Futurama*, erinnere ich mich, beißt der Dinosaurier eines Dino-Parks dem Helden Fry beide Hände ab. Zum Glück liegt im New New York des Jahres 3000 ein auf neue Hände spezialisiertes Geschäft gleich um die Ecke. Fry findet seine neuen Hände dann auch viel schöner als die alten.

135

Von *Verpflanzung* wird heute kaum noch gesprochen, fast immer ist von *Organtransplantation* die Rede. Offenbar besteht eine Scheu vor der botanischen Deutlichkeit des Bildes, zu dem das Aus- und Eingraben gehört. Das lateinische Wort *Transplantation* verschleiert den Vorgang, obwohl darin eine ganze Plantage steckt.

Verpflanzung klingt nach Gartenarbeit, nach Unkraut-Jäten, Aus- und Umtopfen, Graben, Wurzelballen-Einsetzen, Mit-Erde-Auffüllen, Leicht-Andrücken, Gießen. Nach Rasenmähen, Heckenrosen- und Obstbäume-Beschneiden, Blätterrechen im Herbst. Ich habe nie gern im Garten gearbeitet und frage mich, warum ich ausgerechnet heute vom Rasenmähen träume, von dem Muster, den Streifen und Bögen, die ich auf den Rasen male – paß auf das Kabel auf, höre ich meine Mutter sagen, du darfst das Kabel nicht überfahren, und am Rand, da am Rand dürfen keine Halme stehen bleiben, sonst mußt du später mit dem Randschneider nacharbeiten. Zwischendurch mußte ich den gefüllten Auffangsack zum Komposthaufen tragen und dort leeren.

Zum Glück bin ich von nun an für immer von aller Gartenarbeit befreit. In der Gartenerde lauern viel zu viele Keime. Topfpflanzen soll ich auch keine mehr haben. Macht nichts, Schnittblumen waren mir immer lieber.

136

A liver is viable only up to eighteen hours after harvesting, lese ich in Starzls Autobiographie. In der älteren Literatur ist von *harvesting*, vom Ernten, die Rede, ein Wort, das mich erschreckt. Ich stelle mir Körperfarmen vor und denke an die Leberernte dieses Jahres. Wie kühl und distanziert klingt dagegen das deutsche Wort *Organentnahme*.

137

Vielleicht sollte ich besser denken, mir sei bloß ein Ersatzteil eingebaut worden. Wie einem Auto. Auf diese Weise wäre ich die botanische Metaphorik los.

138

Ich schiebe einen Arm unter mein Kopfkissen und taste nach Rebeccas Nachthemd – aber ich döse nicht auf der Schaumstoffmatratze der Wohnung in der Rue des Martyrs, wie ich es kurz geglaubt habe, ich liege im Krankenhaus, in Berlin, gar nicht so weit entfernt vom Café Savigny, in dem Rebecca und ich uns das erste Mal getroffen haben, vor Jahren. Wir kannten uns aus der Uni, sie war die Freundin eines Freundes, und auf einmal saßen wir da, aßen Apfeltorte mit Sahne und hatten uns viel zu erzählen – ihre Eltern, meine Eltern, ihre Kindheit, meine Kindheit, stundenlang ging das so hin und her, ununterbrochen, sie und ich, meistens abwechselnd, manchmal zusammen, es kam mir vor wie ein Duett. Das nächste Mal bei dir, sagte sie zum Abschied und küßte mich, was ungewöhnlich war, auf den Mund.

Zwei oder drei Wochen später kam sie mich besuchen, wir tranken Tee und hörten die Goldberg-Variationen, die ich seit diesem Nachmittag nicht mehr hören kann, ohne an sie zu denken, sie liefen im CD-Spieler auf Wiederholung. Es dauerte lange, bis meine Hand auf ihrer lag, sie fragte: Und, wie soll ich jetzt reagieren? Ich sagte nichts, wartete statt dessen ab, ob sie ihre Hand zurückzog, was aber nicht geschah. Eine Weile geschah gar nichts, bis sie begann, mit ihrem Zeigefinger über meinen Handrücken zu streichen, ich glaube, das war die bis dahin aufregendste Berührung meines Lebens. Meinen Handrücken gibt es ja noch, ich schaue ihn an, berühre ihn mit meinem eigenen Zeigefinger, aber das Gefühl von damals bleibt aus, mein Herz beginnt nicht zu klopfen, mir fällt bloß auf, wie fleckig dieser Handrücken geworden ist, als Rebecca darüberstrich, war er das nicht.

Sie strich mir über die Hand, sie strich sehr sanft, und nur kurz darauf hatten wir beide nichts mehr an. Von März bis September trafen wir uns dann fast jeden Tag in Dahlem, in der Nähe der Freien Universität, im Botanischen Garten oder auf der Wiese im Schwarzen Grund, immer heimlich, es gab ja noch ihren Freund. Als das Austauschjahr in Paris begann, kam sie mich bald besuchen und ließ ihr Nachthemd da.

Die Schwester bringt eine Packung Einweg-Keimschutzkittel, dazu Handschuhe, Mundschutz und Hauben, der Replikant soll zum ersten Mal nach draußen, an die frische Luft. Muß ich? Wirklich? Sie reißt die Kittelpackung auf, faltet einen der Umhänge auseinander und zieht ihn mir über mein Flügelhemd, ich trage nun eine dunkelgrüne Soutane. Sie legt mir einen Mundschutz an, setzt mir eine Keimhaube auf den Kopf und hilft mir in die Handschuhe, keine Latexhandschuhe, nein, sie hat weiße Stoffhandschuhe mitgebracht. Ich soll wohl auf einen Ball, ich werde Krankenhausdandy und Astronaut, verpackt für den Tauchgang in die warme Luft auf einem anderen Planeten, irgendwo da unten, etliche Stockwerke unter uns.

Und da kommt auch schon meine Kutsche, mein Gleiter. Die Physiotherapeutin schiebt einen Rollstuhl ins Zimmer, ein Monstrum mit schwarzen Speichenrädern, die wie die Laufräder eines Waffenrads aussehen, der Mechanismus, mit dem sich die Neigung der Lehne verstellen läßt, wirkt handgeschmiedet. Dieser Rollstuhl muß ein Vorkriegsrollstuhl sein, Wehrmachtssoldaten dürften darauf gesessen haben und durch Lazarette geschoben worden sein. Ist er vielleicht erst vor kurzem in einem jahrzehntelang versiegelten Bunker gefunden worden, oder stammt er aus einem Museum, das wegen Mittelkürzung geschlossen werden mußte? Ich setze mich auf das Gefährt, die Überlebensbeutel, die transparenten Tüten mit den Flüssigkeiten, die aus meinem Inneren tropfen, die eine fast schwarz, die andere ockerfarben, legt die Schwester auf der Sitzfläche zwischen mir und der Rückenlehne ab. Ich passe auf, daß ich sie nicht zerquetsche.

140

Ich muß an die Schulfreundin denken, deren Vater Rollstühle, Krücken und Prothesen verkaufte, Sanitätsfachhandel nannte sich das. Nach der letzten Stunde ging ich manchmal mit zu ihr, ihre Eltern waren zu dieser Zeit nie zu Hause, sie hatten beide in ihren Geschäften zu tun, der Vater im Sanitätshaus, die Mutter in der Dessous-Boutique. Meist lagen wir in ihrem Zimmer auf dem Bett, aßen Pizza und hörten Platten. Sie hatte sehr viele Platten, Langspielplatten, Vinyl, dann auch CDs, und kaufte sich, sie bekam viel Taschengeld, jede Woche drei oder vier neue hinzu. In dem dafür eigentlich zu kleinen Garten hatte ihr Vater einen künstlichen Wasserfall anlegen lassen, der sich mit einer Fernbedienung nicht nur an und aus, sondern auch schwächer oder stärker stellen ließ – mir gefiel das Wasserfallplätschern, ein stetes Rauschen lag wie ein Teppich unter, gelegentlich auch über allen anderen Geräuschen. Manchmal zog sie, sie hieß Alexandra, ihr T-Shirt aus und zeigte mir neue Motivunterwäsche, die sie sich im Laden ihrer Mutter ausgesucht hatte. Ihr Biene-Maja-BH gefiel mir am besten.

141

Der Rollstuhl rollt durch die sich wie von selbst öffnenden Automatiktüren hinaus auf die Rampe vor dem Haus 4, die Rampe, auf der die Krankenwagen halten, die Fahrzeuge der Bestattungsunternehmer parken ein Stück weiter. Ich bin wieder unten, bin an der Luft, ich lebe. Der Rollstuhl rollt auf die Mittelallee, unter die Kronen der Kastanienbäume, ihr Laub ist sehr grün, in doppelter Doppelreihe bilden sie ein Dach über den Wegen, einen dunkelgrünen Tunnel, die Rinden der Stämme zeigen zerfurchte Muster. Hin und wieder holpert ein Rad über eine der hellgrünen, murmelgroßen Babykastanien, zu früh heruntergefallen, abgeschüttelt vom Wind, sie sind noch weich. Sie zu überfahren verursacht ein häßlich schmatzendes Geräusch.

Der Physiotherapeutin, die mich an den weißlackierten Retrobänken und den doppelkegelförmigen Standaschenbechern vorbeischiebt, schlage ich vor, mich noch weiterzuschieben, über den Südring Richtung Nordufer, sie soll mich doch bitte bis zum Pfad am Kanal schieben, ja warum nicht gleich die Böschung hinunter, dicht ans Wasser. Statt das zu tun, zwingt sie mich aufzustehen, sie hat eine Stimme, der ich nicht widerstehen kann, ich muß tun, was sie sagt, mein eigener Willen, wo ist der hin? Sie zwingt mich, ein paar Schritte zu gehen, zwei, drei, vier, fünf, sechs, sieben Schritte, eine unglaubliche Strecke, offenbar bin ich tatsächlich auf einem anderen Planeten gelandet, einem, auf dem die Schwerkraft viel größer ist als auf der Erde. Die Physiotherapeutin trägt die durchsichtigen Plastikbeutel mit meinen Körpersäften hinter mir her, die beiden dünnen Schläuche, die sich durch meine Haut bohren, bilden die Leine, an der sie mich spazierenführt. Als ich mich umdrehe, weil ich mich doch lieber wieder setzen möchte, ist der Rollstuhl weit, sehr weit entfernt.

142

Die Rollstuhlfahrt ist eine Kamerafahrt mit ungewohnt niedriger Perspektive und erinnert mich an einen Dokumentarfilm, in dem Éric Rohmer bei Dreharbeiten gezeigt wurde. Er saß mit der Kamera in der Hand in einem Rollstuhl und ließ sich vor einem sich unterhaltenden Schauspielerpaar über den Bürgersteig ziehen. Ich glaube, das waren Dreharbeiten zu *Les Rendez-vous de Paris*.

143

Wir überqueren einen Zebrastreifen, der aussieht, als hätte ein hungriges Tier einige Balken angeknabbert. Einer der Gärtner in den Grünanlagen balanciert eine Motorsäge an einem mehrere Meter langen Stiel hin zu einem Ast, es dauert nur Sekunden, der Baum heult auf, der Ast fällt. Fünf Polizisten stehen in dunkler Kampfmontur vor der Augenklinik, ihre schußsicheren Westen und die gepolsterten Schulterpartien verbergen sekundäre Geschlechtsmerkmale, erst auf den zweiten Blick erkenne ich, daß einer von ihnen eine Frau ist. Der Leichenwagen eines Bestattungsunternehmens aus Osnabrück parkt auf dem Seitenstreifen, ein Ford mit cremefarbenen Vorhängen (und ebenso cremefarbenem Sichtschutz hinter den Scheiben), kein Sarg ist zu sehen. Ein Mitarbeiter des Charité-Facility-Managements schiebt eine Art Dreirad vorbei, kein Gefährt für Menschen mit Gleichgewichtsproblemen, sondern ein Transportmittel, auf dessen kleiner Ladefläche hinter dem Sattel ein Müllkübel steht, je zwei Besen und Kehrichtschaufeln stecken in dafür vorgesehenen Halterungen. Hier und da Lichthauben aus Glas, auf dem Klinikgelände ist fast alles unterkellert, eine Unterwelt unter der Unterwelt. Eine Ameise wandert über eine Pflasterplatte, sie weicht nach links aus, dann nach rechts, mäandert, folgt einer Duftspur, kennt wahrscheinlich gar nicht ihr Ziel.

144

Besuch ist da, Besuch kommt ziemlich oft, diesmal Susanne. Zusammen mit der Schwester hilft sie bei der Verwandlung, ich werde wieder Astronaut und Dandy, Susanne schiebt den Rollstuhl. Wir drehen eine Runde über die Mittelallee, vorbei am Klinik-Kindergarten und am Spielplatz. Vor der Cafeteria West läßt sie mich in der Sonne stehen und kauft uns ein Eis, keimarmes, fabrikverpacktes Industrieeis darf ich essen, fast wie im Freibad, nur hat Susanne keinen Bikini an. Und ich habe Eis am Stiel noch nie mit weißen Handschuhen gegessen.

Susanne erzählt von ihrem Sohn und dessen Vater, von dem sie sich wieder einmal trennen möchte, sie hat schon eine eigene Wohnung, zögert den endgültigen Auszug aber hinaus. Es ist warm, warme Luft weht mir unters Flügelhemd, und während ich Susanne lausche, bin ich mit meinem Erektionsproblem beschäftigt, ich habe es schon seit ein paar Tagen, oben im Bett und hier unten, der Rollstuhl ist mein Erektionsmobil, seit ich darin herumgeschoben werde, habe ich einen Ständer, einen schmerzhaft harten Ständer, es tut weh. Ich komme mir vor wie ein Käfer mit ausgefahrenem Unterleibsfühler, ja es fühlt sich an, als wollte mein Schwanz sich die Welt neu ertasten, als hätte ich, dieser Körper, diese kümmerliche Keimhaubengestalt, kein anderes Problem.

Susanne erzählt noch immer und steuert in den unübersichtlichen Teil des Gartens, Richtung Isolierstation. Mir fällt ein, daß wir einmal, vor Jahren, in ihrem Hauseingang gevögelt haben, nachts, da war sie, was sie mir allerdings nicht verraten hatte, bereits schwanger, ein anderes Mal auf einem Flurbalkon im siebzehnten Stock eines Hochhauses im Märkischen Viertel, die Tür stand offen, Aussicht nach Alt-Lübars. Sie setzt sich nun auf eine Bank, mir gegenüber, und ich überlege, ob ich mein Nachthemd nicht ein wenig höher ziehen und ihr von meinem Erektionsproblem erzählen sollte, das ja, ich weiß es, eine physiologische Ursache hat: Der neuen Leber gelingt es, das Östrogen in meinem Blut besser abzubauen, weshalb ich einen ungewohnt hohen Testosteronspiegel habe und vielleicht auch ein wenig verwirrt bin, denn auf einmal sehe ich die Eis essende, in die weitschweifige Erzählung ihrer Trennungsgeschichte vertiefte Susanne meinen Schwanz lutschen, sie hat mir unter die Keimsoutane gegriffen und ihn hervorgeholt, sie leckt und saugt und beißt, bis wir uns schließlich küssen.

Später schiebt sie mich zurück.

145

Mein Bettnachbar. Sein Schnarchen klingt beruhigend.

146

Da sitzt du wieder auf meinem Bett, heute in einem blutroten Pullover. Ich sehe nicht, wie alt du bist, ich weiß nicht, wie du heißt, du sitzt da im Halbdunkel, verlorenes Profil, du könntest siebzehn, siebenunddreißig oder vierundvierzig sein, ich kann ja dein Gesicht nicht sehen, seltsam verschwommen sieht es aus, als wäre es weichgezeichnet oder unkenntlich gemacht. Ich weiß nicht einmal, ob du ein Mann oder eine Frau gewesen bist und wo du gelebt hast, bis vor ein paar Tagen. Ich weiß nur, wo du jetzt bist, hier, bei mir, sonst weiß ich nichts, gar nichts, kenne nicht deine Haarfarbe und weiß nicht, wie du riechst, du, die Frau, die ich mir zurechtphantasiere, die Frau, die einen Organspendeausweis in ihrem Portemonnaie hatte, die Achtzehnjährige, die ohne Helm von ihrer Vespa fiel, die junge Mutter, die beim Baden verunglückte, die ältere Frau mit der Hirnblutung, vielleicht warst du aber auch ein frustrierter alter Mann, fernsehsüchtig, häßlich, fett und böse. Und ich werde es nun auch.

147

Ich kann meine Leber ja nicht spüren. Es gibt keine Nervenzellen in der Leber, es gibt auch keine um die Leber herum. Dich aber kann ich spüren, du bist da. Wir kennen uns nicht und kennen uns doch, ich träume deine Träume, du hast die Traumchemie ja mitgebracht.

Und wie sind wir jetzt verwandt? Bist du Nichte, Tante, Gewebe-Cousine? Bist du die Schwester, mit der ich ein Verhältnis habe, von dem natürlich keiner weiß? Bist du Braut und Schwester dem Bruder, blüht nun Wälsungenblut?

Aus meiner Krankenakte weiß ich, daß ich eine Eurotransplant-Leber habe, daher weiß ich auch, daß du, obwohl ich dich manchmal spanisch sprechen höre, eher nicht aus Spanien stammst. Spanien verteilt Spenderorgane national, Eurotransplant, die Stiftung in Leiden, verteilt die Spenderorgane aus den Beneluxländern, aus Deutschland, Österreich, Slowenien und Kroatien. Es könnte also sein, daß du aus Österreich kommst wie mein Vater und irgendwo in Oberösterreich oder im Burgenland gegen einen Baum oder einen Felsen gefahren bist, du könntest auch in Belgien, in den Niederlanden oder in Luxemburg gestorben sein.

Eurotransplant glaubt, daß wir zueinander passen. Eurotransplant war der Meinung, wir sollten es miteinander probieren, du, mein Match, und ich, gleiche Blutgruppe, Rhesus negativ. Wir haben uns gefunden. Und haben uns verpaßt, bleiben jetzt aber zusammen. Und leben noch ein bißchen, du durch mich und ich durch dich.

148

Ich weiß nichts über dich, ich weiß überhaupt nichts. Und doch fehlst du mir, du fehlst mir wie verrückt.

149

Immerhin weiß ich, wann du gestorben bist, ich kenne deinen Todestag, es ist der Tag der Operation. Vorher, vor dem

Anruf, habe ich hin und wieder gedacht: Irgendwo in Europa läufst du jetzt herum, sitzt im Auto oder im Kino, schaust einen Film, fährst Fahrrad, liegst in einem Freibad auf der Wiese, liest ein Buch oder blätterst nur darin, ißt Streuselkuchen, Spaghetti oder Sauerbraten. Und weißt nicht, daß du bald tot sein wirst.

150

Ein junger Pfleger kommt mit dem Mittagessen ins Zimmer. Heute keine Spaghetti, kein Sauerbraten, auch Streuselkuchen gibt es nicht. Irgendeine Suppe, püriert.

Ich werde immer leichter. Wasser läuft aus mir heraus, all das Bauchwasser, das ich die letzten Jahre mit mir herumgetragen habe, läuft heraus. Die Ösophagusvarizen, die Krampfadern in der Speiseröhre, die mich fast umgebracht hätten, bilden sich zurück, das Blut fließt durch die neue Leber, es gibt keinen Rückstau mehr, keine portale Hypertension, ich muß nicht mehr zur Ligatur, der nächste Termin wird abgesagt.

Und auch die Werte werden besser, der Ammoniakspiegel sinkt, sieht die Welt schon anders aus, hebt sich der Schleier? Ist das nicht ein schönes Zimmer, in dem ich liege? Die Sonne scheint, ein Baum steht vor dem Fenster, und wirklich: Ich habe großes Glück gehabt, ich bin noch da, Jackpot, Hauptgewinn, ich werde nur noch gute Tage haben, vita nova, neues Leben.

151

Eine gute Fee ist gekommen und hat gesagt, ich darf noch ein paar Jahre bleiben. Nein, sie ist nicht vorbeigekommen, sie hat angerufen, am frühen Nachmittag, ich saß am Schreibtisch, und sie sagte: Du müßtest jetzt eigentlich sterben, wir Feen aber haben beschlossen, es noch einmal mit dir zu versuchen, du darfst noch leben, wenn du ... die Bedingung habe ich leider nicht verstanden, die Verbindung war zu schlecht.

152

Und du, Organ, gehörst jetzt wirklich mir? Wem gehört ein transplantiertes Organ? Wurde es mir geschenkt, oder gehört es weiterhin Eurotransplant, der Klinik oder der Krankenkasse? Ist es etwa so, daß ich dich nur verwahren, versorgen, durchbluten, erhalten soll? Bin ich bloß der Behälter, der Apparat, der dich am Leben erhält? Könnte eines Tages ein Brief im Kasten liegen, in dem ich lesen muß: Herr W., wir hätten gern unsere Leber zurück, kommen Sie doch bitte am Soundsovielten ins Krankenhaus, wir haben einen Besseren gefunden, einen, der sie eher verdient, besser versorgt, mehr aus ihr macht?

Das sind ja Ängste.

Ich könnte dich ohnehin weitergeben. Verschenken. Stürbe jetzt ich, könntest du, liebe geliehene Leber, herausoperiert und weiterverpflanzt werden. Ist schon vorgekommen, erzählt mir B., daß ein Organ mehrfach transplantiert wurde, Taler, Taler, du mußt wandern, von dem einen zu dem andern.

153

Nicht zu meiner Erheiterung lese ich von einem Fall in Amerika: Ein Patient, fünfzehn Jahre alt, möchte nach einer zweiten Lebertransplantation nicht mehr. Er hält die Schmerzen nicht länger aus, will einfach nicht weiterleben und setzt sein Immunsuppressivum ab, verweigert die Einnahme, woraufhin seine Ärzte ihn von der Polizei abholen lassen, Zwangseinweisung zur Rettung des Organs, denn das Organ, so die Überzeugung der Ärzte, sei Eigentum der Klinik. Laut Gerichtsbeschluß muß der Junge dann jedoch entlassen werden, Gutachter befinden, er sei reif genug zu entscheiden, ob er leben oder sterben wolle. Die Frage, wem das transplantierte Organ gehöre, wird allerdings nicht geklärt. Der Junge lebt noch einige Wochen zu Hause, dann stirbt er. Das Organ stirbt mit.

154

Ich erzähle B. von meinen imaginären Begegnungen mit der Spenderin. Daß ich von ihr träume. Daß ich sie mir als Finnin oder Österreicherin vorstelle. Daß ich mir eine europäische Liebesgeschichte zurechtspinne, eben weil ich nichts weiß.

Da berichtet er, wie freigebig Ärzte in den Anfangszeiten der Transplantationsmedizin mit den Namen und Daten der Spender umgegangen sind. Es gibt sogar Fotos von den ersten Spendern, abgebildet neben den Fotos der ersten Empfänger. Warum sollten Empfänger und Hinterbliebene nicht Kontakt miteinander aufnehmen, haben sie gedacht. Die eine Seite könnte sich bedanken, die andere fände vielleicht

Trost. Ja, wahrscheinlich haben die frühen Transplantationschirurgen sich darüber wenig Gedanken gemacht.

Dabei läßt sich leicht ausmalen, was passieren könnte, wenn ein Organempfänger an einer Haustür klingelt und sagt: Guten Tag, ich möchte mich bedanken für das Herz Ihres verstorbenen Gatten. Sein Herz haben Sie doch schon bekommen, schreit die Witwe, was wollen Sie noch? Sein Haus vielleicht? Sein Geld? Wollen Sie auch noch den Rest seines Lebens? Wollen Sie mich dazu? Ich verzeihe Ihnen nicht, ich verzeihe Ihnen Ihr Überleben nicht, so brüllt die Löwin.

Andersherum gefragt: Wäre ich begeistert, wenn hier die Tür des Krankenzimmers aufginge und dein Mann stünde plötzlich an meinem Bett? Deine Mutter, dein weinendes Kind, dein Bruder, deine Geliebte? Was würden sie von mir erwarten? Und dürfte ich, ja müßte ich ihnen verraten, daß du noch da bist, weiterlebst in mir? Und würde ich gern einen Brief von einem Fremden bekommen wollen, der mir erzählt, wie schön sein neues Leben sei, sein Leben mit dem Herzen, der Lunge oder der Leber meiner toten Frau?

Lieber nicht.

155

Der Baum vor dem Fenster winkt mit seinen Zweigen. Winkt er mir? Soll ich kommen?

156

Ich hätte ja auch nicht mit dir, sondern mit jemand anderem zusammenkommen können, damals, in jener Winternacht, kurz vor vier, als ich schon einmal angerufen wurde und nicht bereit war, weil ich das Kind nicht wecken wollte. Es war eine Nacht von Freitag auf Samstag, die Straßen waren vereist, ich vermute, es hatte einen schweren Unfall gegeben.

157

Und jetzt, wie lange noch? Die nächsten Tage? Ein Jahr? Vier, fünf Jahre? Sieben? Zehn? Zwölf? Na, wir wollen nicht gleich gierig werden. Die Zeit läuft, sie läuft einfach ab.

158

Ich wache auf und weiß plötzlich nicht mehr, ob es schon passiert ist. Steht mir die Operation noch bevor, oder habe ich sie schon hinter mir? Ich lege meine rechte Hand flach auf den Brustkorb und schiebe sie langsam Richtung Nabel, die Hand geht auf Expedition ins Ungewisse, sie weiß nicht, was sie erwartet, sie wandert nach Süden Richtung Nabeläquator, tastet sich vor, und schon bald erreicht die Vorhut in Gestalt der Fingerkuppen des kleinen Fingers und des Ringfingers den ersten Ausläufer des Wulstgebirges, das sich knapp unterhalb des Brustbeins erhebt, die Fingerkuppen fühlen, daß die Aufstülpung sich kurz vor dem Nabel verzweigt, seltsame Formation, denke ich, ein doppelter Karpatenbogen zieht sich über meinen Bauch. Da weiß ich wieder, es ist passiert.

159

Und was macht meine Mutter hier am Bett, mitten in der Nacht? Ist sie nicht schon lange tot, selbst wenn ich das hin und wieder vergesse? Nein, da sitzt gar nicht meine Mutter, es muß eine Schauspielerin sein, die ihr ein wenig ähnlich sieht, sie sieht aus, wie meine Mutter vor einem Vierteljahrhundert ausgesehen hat, schon deshalb kann es nicht meine Mutter sein, sie wäre kein bißchen gealtert. Die Frau sitzt da, bemerkt, daß ich wach bin, sagt guten Tag und fragt, wie es mir geht. Gut geht es mir, danke, ich kann nicht klagen. Und Ihnen?

160

Die Tür in der Wand öffnet und schließt sich. Meine Mutter, mein Großvater, Rebecca und andere Tote schauen herein. Woher wissen sie, daß ich hier liege? Woher wissen sie, daß ich noch lebe?

Tagsüber kommt nie einer durch die Tür, tagsüber ist sie gar nicht da, sie öffnet sich nur nachts.

Einmal stehe ich auf und möchte selbst durch diese Tür, dahinter aber liegen drei weitere Türen, und als ich die linke öffne, liegen dahinter wieder drei Türen und hinter der linken wieder drei Türen und so weiter. Wo käme ich hin? Und wie wieder zurück?

War auch mein Vater gerade hier? Hat er mir eben den Fernseher ins Krankenhaus gebracht, bin ich wieder zwölf oder dreizehn und sehe die Raumfähre explodieren? Müßte nicht er hier liegen, krank, alt und schwach, und müßte nicht ich gesund am Bettrand stehen und ihm alles Gute wünschen? Wieso liege ich hier und nicht er, mußten wir etwa die Rollen tauschen? Ich möchte es nur ungern zugeben, aber sein gesundes Aussehen ärgert mich.

Seine Armbanduhr liegt auf dem Nachttisch, neunzig Mark soll sie gekostet haben, 1955, eine Uhr, zu der es zwei Geschichten gibt. In der einen ist es seine Konfirmationsuhr, und er hat sie von seinem Patenonkel geschenkt bekommen. In der anderen, der Wirtschaftswundergeschichte, hat er sich die Uhr von seinem ersten selbstverdienten Geld gekauft – angeblich hat er vier lange Sommerferienwochen auf einer Baustelle geschuftet und Steine geschleppt und war am Abend des ersten Arbeitstages so erschöpft, daß er nicht mehr geradeaus gehen konnte.

Mitte der achtziger Jahre hat er dann aufgehört, die Uhr zu tragen, sie geht, was mich nicht stört, manchmal ein wenig nach. Und ob der Sekundenzeiger es gegen die Schwerkraft zur Zwölf hinauf schafft, hängt davon ab, wie ich den Arm halte, auf der anderen Seite fällt er dafür oft hinunter. Das sieht dann aus, als würde die Zeit beschleunigen.

162

Ein Kind ist auf einmal im Zimmer, mitten in der Nacht, ein Junge, den ich gar nicht kenne, obwohl er Papa zu mir sagt. Seit wann habe ich einen Sohn? Und wieso besucht er mich mitten in der Nacht? Müßte er nicht schlafen? Haben wir dieses Kind bekommen? Von seiner Mutter keine Spur.

163

Ich wache auf und freue mich, daß ich noch da bin. Ich freue mich so sehr, als hätte ich nicht mehr damit gerechnet, noch dazusein, ich freue mich wie verrückt. Einfach bloß, weil ich noch da bin? Ich kenne diese Morgenfreude, die Tochter wacht manchmal so auf, sie lacht und freut sich, daß sie da ist. Sie kann sich halt noch freuen, sie ist noch nicht so lange auf der Welt.

Ich wälze mich aus dem Bett, nehme die Beutel in die Hand, werfe den Morgenmantel über und wanke hinaus auf den Flur. Meine Mutter müßte jetzt sagen, heb die Füße hoch, ich aber schlurfe bis zum Tablettwagen, auf dem die Thermoskannen stehen, nehme eine der Tassen, eigentlich sind es Becher, und gieße mir Kaffee ein. So schlecht schmeckt der Kaffee hier gar nicht, er schmeckt mir sogar ganz gut, er schmeckt mir jeden Morgen besser, es stimmt nicht, daß Krankenhauskaffee – leicht säuerlicher, nicht besonders starker Filterkaffee – nicht schmeckt. Oft denke ich schon am Abend, kurz vor dem Einschlafen, an den ersten Schluck am nächsten Morgen, und manchmal ist die Vorfreude dann so groß, daß ich gar nicht mehr einschlafen kann.

Auf dem Rückweg vom Tablettwagen halte ich den Kaffeebecher wie ein Pfarrer den Kelch beim Abendmahl. Es geht mir so gut, ich bin, obwohl ich erst einen winzigen Schluck abgetrunken habe, damit ich Richtung Zimmer nichts verschütte, schon kaffeeeuphorisch, der Kaffee ist ein Zaubertrank, der mich verwandelt, motiviert. Ich möchte nun doch mit diesem Brief anfangen, ich möchte plötzlich diesen Dankesbrief schreiben, es erscheint mir auf einmal ganz leicht, so einen Brief zu schreiben, er müßte sich wie von selbst schreiben, du weißt doch am besten, was du den lieben Verwandten mitteilen möchtest, ich müßte bloß den Stift für dich halten, dann schreibst du, was du willst. In meinem Zimmer setze ich mich aufs Bett, schlage den karierten Notizblock auf und senke den Füller, es ist ein neuer Füller, einer, den ich in dem Schreibwarengeschäft nicht weit vom Haupteingang gekauft habe, aufs Papier – aber nichts passiert. Bist du doch schon tot und kannst nicht mehr schreiben? Oder möchtest du nicht, möchte ich nicht mehr? Ich trinke noch einen Schluck Kaffee, aber die Euphorie, die ist vorbei.

164

Alle, die hier liegen, sind ganz wild darauf, ihre Geschichte zu erzählen, quatschen mich zu mit ihrem sogenannten Schicksal. Sie reden, reden ohne Punkt und Komma, nur von dir höre ich kein Wort.

165

Plötzlich wird mir klar, daß du ja sehr wahrscheinlich – und daran habe ich überhaupt noch nicht gedacht – auch in einigen anderen Menschen weiterlebst. Ich habe dich gar nicht für mich allein, Liebste, ich habe dich nicht exklusiv, ich muß dich vermutlich noch mit anderen Organempfängern teilen, ich habe Transplantationsgeschwister, ohne zu wissen, wo.

Wir fünf bis sechs Empfänger könnten Freunde werden, das Herz, die Lunge, die beiden Nieren, die Bauchspeicheldrüse und ich, die Leber, wir könnten uns begegnen, ohne uns zu erkennen, wie sollten wir auch. Wir könnten zur gleichen Zeit am selben Ort sein, auf demselben Konzert, auf demselben Schiff, im selben Flugzeug, wir könnten gemeinsam abstürzen oder als die einzigen Überlebenden auf einer Insel angespült werden – aber diese Geschichte kenne ich schon, ich habe *Lost* gesehen, alle Staffeln, und *Robinson Crusoe* wiedergelesen, was für ein Buch.

Wir könnten, wie von unsichtbarer Hand geführt, zusammen irgendwo eingeschlossen werden, die beiden Frauen, die je eine Niere erhalten haben, der Mann mit einem Lungenflügel, ich, die Leber, das Kind mit der Bauchspeicheldrüse und das Herz, das nun im Brustkorb eines vierundfünfzigjährigen Kunsthistorikers schlägt, und finden erst nach und nach heraus, was uns verbindet. Zufällig – Zufälle aber kann und dürfte es hier keine geben – befinden wir uns alle in derselben Seilbahngondel, die über einem Abgrund hängenbleibt, zufällig bleiben wir im selben Flughafenaufzug stekken und müssen uns ein paar Stunden lang ertragen, ja, ja, die Hölle, das sind die anderen, Theaterbesucher kennen das.

Unsere Lebenswege könnten sich aber auch zuvor schon

gekreuzt haben, in Ferienwohnungsanlagen, bei Fußballspielen, auf Fährüberfahrten, in Familienerholungsheimen, ach, und was wäre auch das für ein toller Trivialroman: wenn wir nach der Transplantation plötzlich andere Erinnerungen und eine andere Vergangenheit hätten, wenn wir feststellen müßten, plötzlich Geheimnisse zu kennen, den Ort, wo die Beute vergraben ist, das Versteck eines Gesuchten, die Lösung eines Rätsels, ja auf einmal gejagt würden, über die ganze Welt, weil andere um unser neues Wissen wüßten.

Oder, noch ein anderes Szenario, zwei oder drei der Transplantationsgeschwister begegnen sich in derselben Reha, das dürfte, unwahrscheinlich ist das nicht, sogar schon vorgekommen sein. Das Operationsdatum kann die geheime Verbindung ja verraten.

166

Der Bettnachbar, ich habe ihn länger nicht weiter beachtet, das gelingt mir mittlerweile gut, spricht über Fußball. Wir unterhalten uns über die bald beginnende neue Bundesligasaison. Die Hertha, die Bayern, Schalke, der FC. Es gibt die Gegenwart noch, ich vergesse das manchmal. Wir tauschen Standardsätze aus, Fußballgesprächsbausteine, vorgefertigt, austauschbar, es sind seit Jahren die gleichen, nur ein paar Namen ändern sich.

167

Ich sitze am Fenster und sehe hinunter. Eine blonde Frau geht vorbei, schwarze Strumpfhose, der helle Mantel offen, kurzer Rock, Haare hinten zusammengesteckt, weiße Kopfhörer im Ohr. Schon frage ich mich, bald ein Reflex: Hast du vielleicht so ausgesehen? Schritt, Schritt, noch ein Schritt. Ich schaue ihr hinterher, und vielleicht spürt sie, daß sie beobachtet wird, eine kleine Veränderung in ihrer Bewegung scheint das anzudeuten, sie dreht ihren Kopf leicht zur Seite, schaut sich um und überquert die Straße.

Bis heute habe ich nicht verstanden, auf welche Weise Menschen spüren, daß sie beobachtet werden, zumal aus einer Richtung, die gar nicht in ihrem Sichtfeld liegt. Gibt es ein Intuitionsradar? Einen Sensor für Beobachtungspartikel? Wenn ich ihr eine Nachricht senden könnte, dann würde ich der Frau im Staubmantel nun die Nachricht senden, wie schön sie geht und wie sehr mir gefällt, daß ihr goldblondes Haar bis hoch zu meinem Fenster leuchtet. Sie biegt um die Ecke, ist nicht mehr zu sehen.

Hattest du vielleicht Kopfhörer im Ohr? Welches Lied lief, als du die stark befahrene Straße hinuntergeradelt bist? Wie lauten deine hundert meistgespielten Titel? Und meine Ohrwürmer, kommen die jetzt von dir?

168

Vielleicht hat ein Lastwagenfahrer nicht aufgepaßt. Hat zwar in den Spiegel geschaut, dich aber nicht gesehen, als du auf dem Rad in den toten Winkel gerollt bist. Wolltest du weiter geradeaus? Ist der Lastwagen dann abgebogen? Und du, wie immer ohne Helm? Hätte ein Helm überhaupt genützt? Hast du das Bewußtsein verloren und bist nicht mehr aufgewacht? Steckte ein Organspendeausweis in deiner Tasche, in deinem Portemonnaie, zwischen all deinen Bibliotheksausweisen, Paßbildern, Kassenzetteln und Bonuskarten? Warst du unterwegs, um ein Geschenk zu besorgen, ein Buch für deine Schwester? Warst du vielleicht nicht angeschnallt? Bist du durch die Windschutzscheibe eines Autos geflogen? Hatte das Auto, in dem du gesessen hast, keinen Airbag? Hat das Auto sich dreimal überschlagen? Viermal?

169

Hanja und unser Unfall fallen mir wieder ein, vor Jahren war das, und ich sehe vor mir, wie wir beide durch die zerbrochene Seitenscheibe aus dem Auto geklettert und dann auf allen vieren durch die Scherben auf dem Kopfsteinpflaster gekrabbelt sind. Die Windschutzscheibe und die anderen Fenster waren zu kleinen Glaswürfeln, zu Kandiszuckerstückchen zerbröckelt, die im Mond- und Laternenlicht glitzerten.

Ich hatte sie angerufen und überredet, mit mir in die Staatsoper zu gehen, *Dido und Aeneas*, einmal in die Unterwelt. Nicht, weil ich unbedingt diese Oper sehen wollte, ich wollte Hanja sehen. Während der Vorstellung saßen wir dicht beieinander, unsere Knie berührten sich, Gespräche in der Pause, bla, bla, bla. Wir tranken noch etwas in einer improvisierten, inzwischen lange nicht mehr existierenden Bar in der Nähe der Torstraße, bevor wir uns auf den Heimweg machten. In ihrem fast neuen Peugeot fuhren wir, aus der Tucholskystraße kommend, über die Spree, ich bewunderte noch das Panorama, den Blick aufs Bodemuseum, den Fernsehturm dahinter und ihr Profil davor – dann krachte auf der Kreuzung hinter der Ebertbrücke ein anderer Wagen in uns herein. In meine Seite, die Beifahrerseite. Ein Krankenwagen brachte uns in die Charité, Hanja hatte bis auf den Schock nichts, ich jedoch konnte nicht mehr gehen, mein Sitzbein war gebrochen.

Tags zuvor war ihr, das hatte sie mir kurz vor dem Zusammenstoß erzählt, der Ring ihres in Italien lebenden Freundes ins Klo gefallen. Nach dem Unfall kam sie jeden Tag zu mir, kaufte ein, kochte und blieb dann einfach. Nur der Sex war kompliziert, ich konnte mich ja kaum bewegen.

Besaß ich damals schon einen Organspendeausweis? Hätten in dieser Unfallnacht, wenn ich gestorben wäre, zwei oder drei Telefone geklingelt? Bestimmt. Ich wußte ja schon, eines Tages wird es soweit sein, eines Tages muß ich auf die Liste.

170

Rekonvaleszenz, ich genese. Ich schlafe, ich esse, ich bekomme Besuch, von Lebenden, von Toten. Ich sitze am Fenster und höre eine Flöte. Eine Flöte? Wer spielt im Krankenhaus Querflöte?

Ich habe selbst einmal Querflöte gespielt, vor langer Zeit, ich besitze sogar noch eine, aus Silber, immer wieder mal wollte ich sie verkaufen, konnte mich dann aber doch nicht von ihr trennen. Ich erinnere mich, daß ich auf der Trauerfeier vor der Beerdigung meiner Mutter darauf gespielt habe, mein Vater sagte vorher, sie hätte sich das gewünscht. Ich ging nach vorn, der Notenständer stand schon da, die Noten waren aufgeschlagen und mit dem Metallbügel festgeklemmt, ich verrückte den Notenständer ein wenig, justierte die Höhe, zog die Flügelmutter fest und setzte die Flöte an die Unterlippe, legte die Fingerkuppen auf die Klappen und begann. Ich weiß nicht mehr, was ich spielte, irgendeine Etüde aus meinem Übungsheft, ein einfaches Stück, das ich schon sehr oft geübt hatte, es ging ja nicht um Virtuosität, es ging um die Idee des Flötenspiels, und ich dachte noch, daß ich eigentlich lieber Trompete als Querflöte gelernt hätte, vielleicht auch Schlagzeug, nach dem Blockflötenunterricht aus irgendeinem Grund aber – hatte meine Mutter mich vielleicht dazu überredet? – mit Querflöte angefangen hatte und dabeigeblieben war. Ich spielte also und hörte mir selbst dabei zu, sah mich in dieser Aussegnungshalle aus den fünfziger Jahren stehen und auf die Fugen zwischen den Bruchplatten starren, die Fugen bildeten komplizierte Muster, Schriftzeichen, die ich nicht entziffern konnte. Das Stück, das ich spielte, hätte ich eigentlich auswendig vortragen können, den Notenständer hätte es nicht gebraucht, dann aber verspielte ich mich doch, weil ich während des Vorspiels glaubte, meine Mutter im Publikum der versammelten Trauergesellschaft zu sehen, mir war, als säße sie zwischen all den Menschen, von denen ich kaum jemanden kannte, und hörte zu, wie sie immer bei Musikschulkonzerten zugehört hatte, mir war, als schaute sie von dort oder von sehr weit oben auf mich herab. Auf die Idee, daß sie aus dem Sarg neben mir hätte schauen oder zuhören können, aus dem Sarg, der nur ein Stück rechts vom Notenständer stand, kam ich nicht, denn das, was in diesem Sarg lag, ich hatte die Leiche ja gesehen, hatte nichts mit ihr zu tun, das war eine Puppe, eine nicht lebensechte, wächsern wirkende Puppe, die bloß angefertigt worden war, damit dort etwas lag.

Später hat mein Vater sich gewundert, daß ich nicht mehr Querflöte üben wollte und bald auch mit dem Unterricht aufhörte. Dabei habe ich im Schulorchester eigentlich gern gespielt.

171

Und wie war deine Beerdigung? So lange kann die doch noch nicht her sein. Tut mir leid, daß ich nicht da war.

172

In den ersten Monaten nach dem Tod meiner Mutter behauptete ich in der Schule hin und wieder, ich müßte zum Arzt, ließ mich entschuldigen und fuhr zum Friedhof, stand eine Weile am Grab herum, goß die Blumen, zupfte Unkraut und hob die Blätter auf, die neben das vorläufige Holzkreuz gefallen waren. Ich konnte immer noch nicht glauben, geschweige denn verstehen, daß meine Mutter, die doch vor kurzem noch im Krankenhaus gelegen hatte, jetzt hier in dieser dunklen feuchten Erde liegen sollte. Nein, meine Mutter war anderswo.

173

Ich habe gehört, daß manche Transplantierte auf Friedhöfe gehen und sich ein Grab suchen, irgendein Grab, das ihnen gefällt, eines mit einem wohlklingenden eingravierten Namen auf einem schönen Stein, und dort Blumen ablegen. Oder einfach dort sitzen. Ja, vielleicht mache ich das auch. Ich suche mir eine Tote. Ich müßte bloß die Seestraße überqueren, da liegt der große Friedhof.

Mit Julia bin ich gern auf Friedhöfe gegangen, zusammen waren wir auf vielen Friedhöfen Berlins. In Stahnsdorf auf dem Südwestkirchhof, auf dem Invalidenfriedhof, auf den Friedhöfen am Südstern, auf der Schöneberger Insel, in Weißensee und auf dem halb verfallenen hinter dem Volkspark Friedrichshain. Immer neue tat sie auf, ich glaube, sie sammelte Friedhöfe.

174

Um drei habe ich eine Verabredung am Ende des Flurs, deshalb hieve ich mich kurz vor halb aus dem Bett. Ich weiß ja, ich bin langsam. Ich ziehe mir einen frischen Keimkittel über, setze eine Haube auf, schlüpfe in die weißen Handschuhe, lege den Mundschutz an und verlasse das Zimmer gegen Viertel vor. O Krankenhausflur, du bist mein Grand Boulevard. Ich schleiche, jede Schildkröte wäre schneller, vorbei an dem Wagen, auf dem die Kaffee-, Tee- und Milchkannen sowie zwei vom Mittagessen übriggebliebene Nachspeisen stehen, eine gelbe Masse in Plastikschälchen, die angetrocknete Oberfläche runzlig wie alte Haut. Ich schleiche vorbei an der Feuerlöschernische, vorbei an dem Raum mit der Waage, an der Tür des Schwesternzimmers und an dem Glaskasten, in dem die Empfangsschwester sitzt, als wäre es eine Rezeption, vielleicht ist das hier doch mein Kurhotel in den Bergen, mein Sanatorium im sechsten Stock. Ich biege um die Ecke, es sind nur noch vierzig, höchstens fünfzig Meter bis zum Ende des Flurs, aber der Flur ist länger geworden, bilde ich mir ein. Es überhaupt bis an sein Ende zu schaffen gehört schon zur Verabredung, denn leider habe ich kein Rendezvous, sondern bloß einen Termin zur Krankengymnastik, völlig unnötigerweise habe ich darüber nachgedacht, ob es sich mit Mund- und Nasenschutz gut küssen läßt.

Ein paar Stühle stehen im Kreis, fünf Personen sitzen schon da, ein Mann hat ein tragbares Sauerstoffgerät bei sich. Der Raum ist stickig, aber wenn das Fenster offensteht, zieht es, und Zug ist schlecht, deshalb wird das Fenster nach kurzer Diskussion wieder geschlossen. Einige Patienten tragen einen Mundschutz wie ich, mir fällt es schwer, durch die Lamellen zu atmen, es ist heiß, aber Bewegung muß sein, sagt die Physiotherapeutin, zwanzig, vielleicht zweiundzwanzig Jahre alt, sie hat gerade verraten, es sei das erste Mal, daß sie die Gymnastik leitet. Wir sollen im Sitzen das linke Bein anheben und kreisen lassen. Wir sollen im Sitzen das rechte Bein anheben und kreisen lassen. Wir sollen die Beine im Sitzen strecken, wir sollen aufstehen und erst das rechte, dann das linke Bein kreisen lassen. Wir sollen die Arme kreisen lassen. Eine der Patientinnen, eine ältere Dame um die siebzig, sie könnte meine Mutter sein, hat ihr Nachthemd nicht richtig zugeknöpft. Ohne daß ich es möchte, ich habe die Augen nur nicht schnell genug geschlossen, sehe ich, wie wenig von ihrem Körper übrig ist, fast nichts ist von ihm übrig, ja ich wundere mich, daß so wenig Körper überhaupt ein Nachthemd tragen kann. Ich möchte fast glauben, sie ist schon ein Gespenst.

175

Die Sonne scheint, ich sitze am offenen Fenster, die Tür geht auf, ein Arzt kommt ins Zimmer. Er sagt, ich solle lieber aus der Sonne gehen. Warum? Ach ja, die Wahrscheinlichkeit, an Hautkrebs zu erkranken, ist bei Einnahme eines Immunsuppressivums stark erhöht, hundert- bis fünfhundertmal höher als normal. Na toll – also ist die Sonne jetzt mein Feind. Es gibt Statistiken, nach denen ein Drittel aller Transplantierten an Hautkrebs stirbt. Möchte ich eigentlich nicht wissen. Anderswo lese ich, daß sich bei der Hälfte aller Organempfänger innerhalb von zehn Jahren maligne Tumore in der Haut entwickeln. Schöne Aussichten, ich darf nicht mehr in die Sonne. Mir wird trotzdem warm.

176

Ich trage dich mit mir herum, ich weiß dich in mir, ich habe dich immer dabei. Dann und wann bin ich überrascht, daß ich auch mal eine halbe Stunde lang nicht an dich gedacht habe. Und dann denke ich sofort wieder: Ach ja, ich bin jetzt nicht mehr allein, nie mehr, ich habe dich ja immer bei mir, eingesetzt, festgenäht, angewachsen, du bist ein Stück von mir.

Höre ich mich an wie ein Erleuchteter? Sprechen nicht

sehr gläubige Menschen so von ihrem Jesus, der angeblich immer bei ihnen ist?

Die Tochter, fällt mir ein, spielte auch einmal diese Rolle – als sie gerade geboren war und noch lange danach. In den ersten Monaten war jeder Moment und jeder Gedanke ein Kindermoment und ein Kindergedanke. Später, als sie in den Kindergarten kam, habe ich hin und wieder auch mal eine Stunde oder länger nicht an sie gedacht.

177

Die sieben-, fast achtjährige Nichte meines Zimmernachbarn ist zu Besuch. Als sie hört, daß ich eine neue Leber bekommen habe, fragt sie, wie der heiße, von dem ich meine neue Leber hätte. Möchte ich auch gern wissen, sage ich, aber ich weiß es nicht. Und was macht der jetzt? Hat der deine? Hat der jetzt deine Leber?

Mir gefällt der Gedanke, die Transplantation vollziehe sich wie ein Gabentausch, das eine Organ gegen das andere. Ich möchte dem Mädchen lieber nicht erklären, wie kaputt meine Leber war, möchte ihm nicht sagen, daß sie keinem mehr zuzumuten gewesen, daß mit ihr niemand glücklich geworden wäre.

Aber wo ist deine Leber jetzt?, insistiert das Mädchen, es will es doch genauer wissen. Also sage ich: Die wollte keiner haben. Die wurde aufgeschnitten, untersucht und dann wahrscheinlich entsorgt. Ich sage *entsorgt* und denke *weggeworfen*, wahrscheinlich wurde sie zusammen mit anderem Klinikabfall verbrannt, das Krankenhaus hat eine eigene Müllverbrennungsanlage, muß die ja haben.

Erst die Frage des Mädchens bringt mich darauf, an meine eigene, ursprüngliche, die erste Leber zu denken. Vierunddreißig, fünfunddreißig, fast sechsunddreißig Jahre habe ich sie mit mir herumgetragen, überallhin, und ebenso lange hat sie mehr oder weniger gut für mich gearbeitet. Und nun habe ich gar nicht mehr an sie gedacht?

Vorher ja. Vorher wollte ich sie mir nach dem Eingriff unbedingt ansehen, wollte sie aufheben, einlegen, vielleicht bestatten, sie begraben. Und dann ist sie in der Pathologie gelandet, und ich habe nicht mehr nach ihr gefragt. Vermisse ich dich, altes Stück Fleisch?

B. sagt, sie müsse wie eine größere, arg verschrumpelte Kartoffel ausgesehen haben. Ich will das nicht mehr wissen.

178

Es gibt da die Geschichte von dem herztransplantierten Patienten, der sein eigenes, sein altes, ursprüngliches Herz jede Nacht unter seinem Klinikbett klopfen hört. Oder klopfen zu hören glaubt. Er hat eine solche Angst vor seinem alten Herzen, daß er gar nicht mehr ins Bett gehen, sich nicht mehr niederlegen möchte. Und wenn er sich doch einmal hinlegt, muß er immer wieder aufstehen, um unter seinem Bett nachzusehen, ob da sein Herz schlägt, er hört es ja klopfen. Schließlich zieht er in den Aufenthaltsraum um und schläft dort in einem Sessel ein.

Ob er *The Tell-Tale Heart* von Edgar Allen Poe gelesen hatte? Bin ich froh, daß ich nur ab und zu eine Ente höre, deren Gequake ich nicht verstehen kann.

Was ist ein Organ? Was ist das, was dem einen aus dem Leib geschnitten und einem anderen eingepflanzt wird? Eine frühe Definition stammt von Thomas von Aquin, er unterschied Organe und Instrumente. Während ein Instrument, ein Beil zum Beispiel, unabhängig von einer bestimmten Seele existiere, sei ein Organ *unitum et proprium*, weil es bloß einer einzigen Seele zugute komme. So ungefähr steht es im *Historischen Wörterbuch der Philosophie*, Band 6, Stichwort Organon. Ich kann das auf meinem Telefon lesen, selbst hier, im Krankenhaus.

Um ein transplantiertes Organ in ein aquinisches Instrument zu verwandeln, das nicht mehr nur von einer Seele, sondern nacheinander von verschiedenen Seelen – oder Immunsystemen – genutzt werden kann, gilt es, sie zu überlisten. Das gelingt mit dem Immunsuppressivum, das ich jeden Tag einnehme, morgens und abends, Kapseln, sie schmecken nach nichts.

Organe sind selbständig und abhängig zugleich. Sie können nicht allein und für sich sein und haben doch ein Eigenleben, führen das aber ausschließlich innerhalb eines Organismus. Ihr Leben, ihre *vita propria*, ist bloß geliehen, deshalb, sagte Schelling, seien Organe Individuen, deren Individualität nur in Abhängigkeit von oder im Verhältnis zu einem Gesamtorganismus in Erscheinung treten könne. Wird ein Organ vom Organismus getrennt, stirbt das Organ; der Organismus stirbt allerdings auch. Es ist ganz einfach: Ich sterbe ohne Leber, die Leber stirbt ohne mich.

Also ist das, was ich fühle, dieses Leben, das ich noch habe, ein Zusammenspiel mehrerer Organe. Alles Lebendige tritt nie als Einzahl, sondern immer als Mehrzahl in Erscheinung. Leben ist die hybride Versammlung verschiedener Organe, gemeinschaftliche Praxis, ein Konzert, in dem jedes einzelne Organ Interesse am Überleben hat.*

180

In der Nacht, das Fenster steht offen, höre ich draußen das Meer, höre die Brandung im Baumkronenrauschen.

181

Beim Durchblättern der Zeitung reiße ich das Foto einer Frau heraus, das über einem Nachruf abgedruckt ist. Sie sei, lese ich, letzte Woche gestorben. Mir kommt es vor, als schaue sie nun, da ich weiß, daß sie tot ist, irgendwie anders aus dem Bild heraus.

182

Als mein Vater und ich das letzte Mal bei meiner Mutter waren, an einem Sonntag, hatte ich die Kamera dabei, eine schwere Spiegelreflexkamera, Metallgehäuse, Minolta SRT 101. Ich fotografierte das Krankenhaus von außen, das Straßenpflaster, die weißen Linien auf dem Parkplatz,

* Vgl. Katrin Solhdju: *Interessierte Milieus. Oder: die experimentelle Konstruktion ‹überlebender› Organe*. Wien 2010.

aber auch die Türklinken und den Krankenhausflur innen, nur meine Mutter fotografierte ich nicht, auf die Idee bin ich nicht gekommen. Auf zwei verschwommenen, kontrastarmen Aufnahmen der Krankenhausfassade im Nieselregen konnte ich das Fenster ihres Zimmers abzählen, es war im vierten oder fünften Stock.

Dort lag sie auf einem Schafsfell, weil es sich auf einem Schafsfell angenehmer liegen läßt, hieß es auf der Onkologie dieses Anthroposophenkrankenhauses, aber das O-Wort kannte ich damals wohl noch nicht. Ich weiß noch, daß sie mich bat, ihr etwas zu erzählen, ich aber nicht wußte, wovon ich erzählen sollte, was hatte ich schon zu erzählen? Von Montag bis Freitag war ich in die Schule gegangen, vielleicht sogar am Vortag, am Samstag, wir hatten ja jeden zweiten Samstag Unterricht, möglicherweise hatte ich eine Klassenarbeit geschrieben, ein Diktat in Deutsch, eine Lateinarbeit. Nachmittags hatte ich Hausaufgaben gemacht und davor oder danach vielleicht ein oder zwei Filme gesehen, unten, im Wohnzimmer, Filme, die ich von Freunden geliehen oder in den Nächten zuvor aufgenommen hatte, der Videorecorder ließ sich ja programmieren. Videorecorder waren noch sehr neu, das Konzept, sich Filme zu Hause ansehen zu können, wann es einem gefiel, unabhängig vom Fernsehprogramm, unabhängig von den nur drei Programmen, die nachmittags sowieso nichts zeigten, war es auch. Vielleicht hatte ich, eher unwahrscheinlich, Flöte geübt oder war in die Stadt gefahren, in die Stadtbücherei, wer weiß, und hatte abends gelesen oder ferngesehen oder, neue Freizeitbeschäftigung, an dem Computer gespielt, der im Arbeitszimmer meiner Mutter stand, sie benutzte es ja nicht mehr und würde es weiterhin nicht mehr benutzen. Von den Computerspielen, deren Programme ich mühsam von einem Listing abgetippt und dann auf einer Tonkassette abgespeichert hatte, Heimcomputersteinzeit, verriet ich ihr besser nichts, weil ich wußte, daß sie diese Art von Beschäftigung für Zeitverschwendung hielt. Vielleicht berichtete ich ihr, daß ich am Montag, wie fast jeden Montag, im Fotolabor der Schule gewesen war und Bilder entwickelt hatte, das hieß, ich hatte Bilder abgezogen, in Schwarzweiß und Grau in Grau, denn das mit der Blende und der richtigen Belichtung hatte ich noch nicht verstanden. Vielleicht zeigte ich ihr auch eines meiner Anti-Fotos, Bruchlinien in einer Asphaltdecke, eine eingetrocknete Pfütze, Lehmmalerei, eine Wasseroberfläche, fast immer waren es Nahaufnahmen, aber angesehen habe ich meine Mutter nicht. Ich sah nicht oder wollte nicht sehen, wie schlecht es ihr ging, ich begriff auch nicht, daß das unser Abschiedsbesuch war, oder wollte es nicht begreifen. Mir war, ich war zwölf, fast dreizehn, noch nicht einmal die Idee gekommen, daß sie tatsächlich sterben könnte – obwohl ich theoretisch, aber eben nur theoretisch wußte, daß sie ihre Krankheit nicht mehr überleben würde.

Jetzt liegt sie hier, nachts wenigstens. So richtig tot ist sie nie gewesen. Mütter bleiben ja, immer.

183

Noch im Jahr vor ihrem Tod, nach einer Chemotherapie, als sie dachte, sie habe die Krankheit hinter sich, begann meine Mutter, das Haus umzubauen. Im Erdgeschoß ließ sie erst das Eßzimmer zur Küche hin öffnen, dann Musik- und Wohnzimmer zu einem Raum verbinden und schließlich die Fenster zum Garten vergrößern, die niedrigen Sockelmäuerchen der Blumenfensterbank wurden abgeschlagen und bodentiefe Panoramafenster eingesetzt. Mir gefiel, wie die Bauarbeiter mit Preßlufthammer und Vorschlaghammer herumwüteten. Unser Haus sollte weiter, großzügiger, offener werden, meine Mutter wollte keine Türen mehr, alles wurde weiß gestrichen. Kamen die Handwerker, stand sie auf.

184

An dem Tag, als sie starb, es war ein Montag, kam ich aus der Schule nach Hause und wollte ihr etwas erzählen. Auf einmal hatte ich etwas zu erzählen, das sie unbedingt wissen sollte. Ich wählte ihre Nummer im Krankenhaus, die Nummer, die ich auswendig konnte, weil ich sie in den letzten Wochen oft genug auf unserem Wählscheibentelefon gewählt hatte, hörte das Freizeichen und dann eine fremde Stimme, die sagte, meine Mutter sei in ein anderes Zimmer verlegt worden. So jedenfalls lautete die Auskunft.

Das Schafsfell hat mein Vater wieder mit zurückgebracht. Später lag es, ich weiß gar nicht, warum, in meinem Zimmer auf dem Boden, manchmal auch auf meinem Bett.

Für den Kinderwagen, den Tochterkinderwagen, gab es dann ein Lammfell.

185

Die Visite, heute eine große Visite, es muß Montag sein, kommt um kurz nach sieben ins Zimmer, die Ärzte wecken mich, sie haben drei Studentinnen mitgebracht. Ich reibe mir den Schlaf aus den Augen und schaue auf die Schuhe, die unter den weißen Hosen und Kitteln zu sehen sind, ein Stück Privatleben: Zwei der Studentinnen tragen Turnschuhe, die dritte, eine Blonde, hat pinke Ballerinas an, der Stationsarzt trägt lederbesohlte, vielleicht sogar handgenähte Schuhe, eine Ärztin Birkenstock-Sandalen, der Chefarzt, ich traue meinen Augen nicht, steht in weißen Lederslippern da. Ich kann gar nicht aufhören, diese weißen Lederslipper anzustarren. Hallo, sind Sie Rolf Eden? Hat mich ein Mann operiert, der solche Schuhe trägt?

Später, ich schaffe es wieder bis zur Waage, betrachte ich die Hausschuhe meiner Mitpatienten: Schlappen, Flip-Flops, Pantoffeln, Vollgummischuhe mit Lüftungslöchern und Joggingschuhe. Nur Hüttenschuhe sehe ich nicht.

186

Zwei oder drei Monate bevor meine Mutter starb, hat ihre beste Freundin sich und ihren sieben Jahre alten Sohn umgebracht, eine Frau, die sich Ruth nannte, obwohl ihre Eltern sich im noch großdeutschen Jahr 1942 für den Namen Gertrude entschieden hatten. Das Haus, in dem sie wohnte, ein leicht protzig wirkender Neubau auf dem Grundstück einer älteren Villa, stand in unserer Nachbarschaft, Betonpalisaden trennten den Vorgarten vom Bürgersteig. Sie fuhr mit ihrem roten Renault R4 in die Garage, ließ den Motor laufen und verschloß die Tür, die aus der Garage ins Haus führte, verschloß auch das Garagentor, der Tank war voll. Es hieß, der Motor sei noch gelaufen, als sie gefunden wurde – aber wahrscheinlich stimmt das gar nicht, irgendwann fehlt auch dem Motor der Sauerstoff zur Verbrennung, erstickt der Motor schließlich selbst. Ihr Sohn Aaron Benjamin, ein jüdischer Vorname reichte ihr wohl nicht als Wiedergutmachung, saß festgeschnallt in seinem Kindersitz auf der Rückbank.

In einem anderen R4 waren sie und meine Mutter einmal bis nach Kabul gefahren, 1975 oder 1976 muß das gewesen sein, ich blieb in dieser Zeit bei meiner Großmutter. Und dieser Frau, einer Ärztin mit eigener Praxis, fiel nichts Besseres ein, als sich und ihr Kind umzubringen? Auf diese Weise? Aus politischer Hoffnungslosigkeit, stand in ihrem Abschiedsbrief, sie fürchtete, die Nazis könnten wieder die Macht übernehmen, die Amerikaner einen Atomkrieg anfangen, Atomkraftwerke die Erde verstrahlen, Waldsterben, Umweltzerstörung und so weiter, sie sehe keine Zukunft, pathetischer Quatsch.

Ihrem Sohn hatte sie Schlaftabletten ins Essen gemischt, hatte ihn ins Auto gesetzt und war mit ihm herumgekurvt, bis er eingeschlafen war, hatte dann selbst Schlaftabletten genommen und genug dazu getrunken und war schließlich in die Doppelgarage mit Walmdach gefahren, in der die beiden Surfbretter ihres Mannes unter der Decke hingen. Das Garagentor schloß sie per Fernbedienung, sie legte eine alte Matratze vor die Lüftungsschlitze, schob die Fenster hinunter und ließ den Motor laufen.

Oder war all das Leiden an der politischen und ökologischen Ausweglosigkeit vorgeschoben, weil es eigentlich bloß darum ging, daß ihr Mann schon länger eine Freundin hatte und sie verlassen wollte? Jedenfalls weiß ich seither, weshalb in Neubaugaragen diese gelben Schilder kleben, auf denen «Achtung, Motor abstellen! Erstickungsgefahr!» steht.

187

Schlafmittel werden im Krankenhaus gern gegeben und gern genommen, gute Nacht. Ich lasse mir jeden Abend eine Schlaftablette geben, aber anstatt sie zu nehmen, lege ich sie zu den anderen in der Schublade meines Nachtschranks. Was natürlich streng verboten ist.

188

In einer der Nächte wache ich auf und bin auf einmal glücklich. Ich bin selbst überrascht, wie glücklich ich bin. Plötzlich weiß ich wieder: Es gibt noch so viel da draußen. Es gibt das Kind, das mich noch ein paar Jahre braucht, es gibt so viel zu sehen, zu tun, zu lesen, es gibt so viel zu leben. Liegt nicht alles da? Wartet nicht alles darauf, getan, gemacht, erobert, vollbracht zu werden? Ein paar Stunden später, am nächsten Morgen nach dem Frühstück, ist die Hochstimmung verflogen. Vormittags ist es am schlimmsten. Der Tropf, an dem ich hänge, tropft. Ich höre ihn nicht, ich sehe ihn bloß tropfen. Der Ständer, an dem die Flasche hängt, heißt Galgen.

189

Und dann schaffe ich es doch wieder nicht vom Bett bis ins Bad, kleine Rückschläge. Die Schwester, die freundlichste und zugleich hübscheste, wäscht mir den Rücken, sie wäscht ihn mit einem warmen Waschlappen, tunkt ihn mehrmals in die Schüssel mit dem Wasser, in das sie ein paar Spritzer Waschlotion gegeben hat, ich werde länger nicht duschen können. Nicht nur, weil ich es nicht bis ins Badezimmer schaffe, da sind auch noch diese Wülste auf meinem Bauch, die Nähte der riesigen Narbe, und mir hängen die transparenten Plastikschläuche aus dem Bauch.

190

Nicht so schlimm, früher habe ich auch länger nicht geduscht. In der Schöneberger Wohnung gab es kein Badezimmer, immerhin aber, auch das nicht in allen Häusern eine Selbstverständlichkeit, eine Innentoilette. Zum Waschen stellte ich mich neben der Küchenspüle in eine kleine Plastikwanne und wusch mich mit einem Waschlappen, danach verstaute ich die Wanne in der Kammer der Küche. Anfangs ging ich zweimal die Woche ins Schwimmbad, dann immer seltener, schließlich ging ich gar nicht mehr, weil mich die Omis und Opas störten, die rücksichtslos oder blind oder beides durch das viel zu warme Wasser pflügten. Oder aber ich war bloß zu faul, morgens früh aufzustehen, ins Schwimmbad zu gehen, wieder zurückzukehren und gleich darauf in die Uni zu fahren. Die Alternative, vom Schwimmbad aus gleich in die Uni zu fahren, schied aus – ich hatte keine Lust, den ganzen Tag eine Tasche mit meinen nassen Badesachen durch die Stadt zu tragen. Fragte mich jemand, wie ich es ohne Badezimmer, Dusche oder Wanne in meiner Wohnung aushielt – Fragen, die von westdeutschen Besuchern oft gestellt wurden, die sich, verwöhnt, wie ich es gewesen war, ein Leben ohne Badezimmer und Zentralheizung gar nicht vorstellen konnten –, erzählte ich von Schwimmbadbesuchen, obwohl sie gar nicht mehr stattfanden.

Hin und wieder duschte ich anderswo, ich duschte fremd oder ging fremdduschen, wie ich es damals nannte, irgendwann, sie wußte von meiner Wohnsituation, lud eine von Rebeccas Freundinnen mich ein, doch mal bei ihr zu duschen. Sie wohnte in einer Anderthalb-Zimmer-Wohnung in der Apostel-Paulus-Straße und hatte keine Zentralheizung, dafür aber eine Duschkabine in der Küche. Wir saßen lange in dieser Küche, Kuchen und Weintrauben standen auf dem Tisch, ich weiß nicht mehr, worüber wir geredet haben, über die schwierige Rebecca-Geschichte vermutlich nicht. Irgendwann, es war schon fast Abend, stand sie auf und fragte, ob ich jetzt duschen wolle, und sagte: Ich gehe ins Schlafzimmer, was ein wenig wie *ich gehe schon mal ins Schlafzimmer* klang, aber vielleicht hatte ich mich verhört. Ich zog mich aus, stellte mich in die Duschkabine, drehte das Wasser auf und wusch mir die Haare mit ihrem Shampoo, einem grünen Schauma-Shampoo, das auf einer Drahtablage stand. Als ich ins Schlafzimmer kam, lief der Fernseher, und sie räkelte sich halbnackt auf ihrer Doppelmatratze, die Schüssel mit den Weintrauben neben sich auf dem Kissen, die Reben fast nur noch Rebengerippe mit winzigen, hellgrünen Fruchtresten überall dort, wo eine Weintraube abgerissen worden war. Sie zupfte wieder eine ab und schob sie sich auf eine Weise in den Mund, die mich an Szenen in älteren deutschen, im Privatfernsehen gern wiederholten Erotikfilmen erinnerte. Ich wollte lachen, merkte dann aber, es war ihr ernst damit.

191

Frisch gewaschen und in einem frischen Flügelhemd denke ich doch wieder daran, aus dem Fenster zu springen. Es geht so schön tief hinunter, das Fenster öffnet sich weit genug, ich müßte nur über die Brüstung klettern – am nächsten Morgen kein Fiebermessen mehr, und alles andere bliebe mir auch erspart.

Mir fällt die Geschichte von Margits Mutter ein, Margit erzählte sie mir bald, wir kannten uns kaum länger als eine halbe Stunde. Ihre Mutter hatte ihren Vater eines Nachmittags so gegen halb sechs zum Einkaufen geschickt, er sollte nur rasch Brot und Aufschnitt besorgen, Margit selbst wohnte da schon seit Jahren nicht mehr in Wien bei ihren Eltern. Als ihr Vater mit den Lebensmitteln zurückkam, lag die Mutter tot auf dem Bürgersteig, sie war aus dem Fenster im vierten Stock gesprungen. Margit sagte, ihre Mutter habe ihren Vater nur deshalb zum Einkaufen geschickt, damit er nach ihrem Selbstmord etwas zu essen im Hause habe. So fürsorglich sei sie gewesen, über ihren Tod hinaus.

An diesem Tag kann ich Margits Mutter gut verstehen. Nichts gefällt mir, alles geht mir auf die Nerven. Was soll das, warum liege ich hier? Bitte keinen Neuanfang mehr, bitte nicht weiter. Ich habe genug.

192

Dabei müßte ich doch so dankbar sein, unendlich dankbar. Ich müßte so dankbar sein, wie es dankbarer nicht geht. Das Problem mit der Dankbarkeit, die ich eigentlich empfinden müßte: Sie müßte viel, viel größer sein. Aber ist das nicht überhaupt das Problem mit den ganz großen Geschenken? Sie lassen sich nicht erwidern. Sie machen klein. Wie sollte ich mich für mein Dasein bedanken? Demut, obwohl ich den lieben Gott hin und wieder darum bitte, halte ich nie lange durch. Dir müßte ich einen Dankesbrief schreiben, nicht deinen Hinterbliebenen. Oder schreibst du ihn dir selbst? Ich leih dir meine Hand.

Wie war das noch mit der Tyrannei der Gabe, von der Marcel Mauss in seinem berühmten Buch spricht? Der Geber erlange durch seine Gabe eine magische, ja religiöse Macht über den Empfänger. Gehöre ich jetzt also dir?

Später hat Jacques Derrida die Gabe neu definiert. Eine wirkliche Gabe sei nur eine Gabe ohne Gegengabe. Demzufolge wäre eine Organspende die perfekte Gabe, denn eine Gegengabe ist unmöglich.

Immer wenn ich an Jacques Derrida denke, weil jemand ihn zitiert oder auch nur erwähnt, sehe ich wieder vor mir, wie wir beide, Jacques Derrida und ich, einmal nebeneinander gepinkelt haben. Das war in der Toilette der EHESS, der École des Hautes Études en Sciences Sociales, Boulevard Raspail, unmittelbar vor seiner Vorlesung, zu der ich damals, Anfang der neunziger Jahre, in Paris jede Woche ging, der Saal eine Art Wallfahrtsort für Studenten aus aller Welt. Er stand schon da, als ich den Toilettenraum betrat, ich grüßte und stellte mich neben ihn, weil es da nur diese zwei Pissoirs gab, und bemühte mich sehr, es nicht so aussehen zu lassen, als schaute ich ihm auf den Schwanz. Ich mochte seine Vorlesungen, einmal aber, erinnere ich mich, wurde er ein wenig ungehalten, weil er das Kichern im Saal nicht deuten konnte, als er, das deutsche Wort verwendend, vom *Spucken* des deutschen Idealismus sprach. Nachdem er zum dritten oder vierten Mal *Hegel spuckt* gesagt hatte, klärte ihn jemand darüber auf, daß er doch besser *spuken* sagen solle. Nun spukt er hier bei mir herum.

193

Und dann wird doch wieder Temperatur gemessen. Wieder ein neuer Tag im Krankenhaus, wieder ein Tag in meinem Leben, es müssen bald über dreizehntausend sein.

Haben wir schon Fieber gemessen? Nein, natürlich nicht, ich schlafe ja noch. Jeden Morgen das gleiche Lied, und schon ist wieder Abend, und die Schwester kommt mit den Medikamenten für den nächsten Tag, verteilt die kleinen Plastikträger mit vier Fächern, morgens, mittags, abends, nachts, stellt auf jeden Nachtschrank einen. Auf der durchsichtigen Schiebelade, durch die ich die Pillen sehe, steht mein Name, das hilft mir, nicht zu vergessen, wie ich heiße.

Ließen sich in leeren Medikamententrägern nicht gut Wasserfarben mischen? Vielleicht fange ich bald zu malen an, Klinikaquarelle und Krankenhausansichten: die Wand, den Baum, den Fernseher, den Schrank und den Schatten des Bettes auf dem Boden, die Sonne zeichnet oft sehr schöne Muster. Ja, ich habe plötzlich Lust, die Baumkronen vor meinem Fenster zu malen. Meine alten Bekannten, meine Freunde, ich freue mich jeden Tag, sie zu sehen. So grün, so voll, so dicht. Sie zu malen, am besten Blatt für Blatt, und ich wäre gut beschäftigt.

Könnte therapeutisches Aquarellieren nicht helfen? Kein Wunder, daß in Rehakliniken Kurse in Korbflechten,

Töpfern, Specksteinschnitzen und Aquarellmalerei angeboten werden – eine schöne Wolke, die Baumkronen und noch eine schöne Wolke malen, genau die da oben, dort am Himmel, die so verloren über dem Hubschrauberlandeplatz hängt.

194

Meine Mutter hat während ihrer Krankheit gemalt, vielleicht gehörte das zur Therapie in der Anthroposophenklinik. Mehrere Malkurse hat sie besucht, Malen mit Pastellkreide, Ölmalerei und Aquarellieren, außerdem konnte sie einigermaßen zeichnen und wußte, was mich als Kind beeindruckte, wo schraffiert werden muß, um Lichtreflexe und Schatten zu setzen. Zeichnete sie einen Apfel, sah der wirklich aus wie ein Apfel, ja sie konnte sogar Pferde zeichnen, die tatsächlich wie Pferde aussahen. Meine Pferde sahen und sehen noch immer wie Schweine aus, wie Schweine mit langen Beinen.

Andererseits, so stellt es sich mir heute dar, waren auch die Bilder meiner Mutter furchtbar: Möwen, die auf Zaunpfählen saßen. Sonnenuntergänge über einem Pastellkreidemeer. Sie ließ sie in einem Fachgeschäft teuer rahmen und hängte sie im Treppenhaus auf. Als sie tot war, nahmen wir sie wieder ab und trugen sie in den Keller. Mein Vater, sentimental war er nicht, warf sie später weg.

Ich erinnere mich noch an den Gesichtsausdruck einer ihrer Möwen, ich glaube, die hatte sie auf Sylt gemalt. War sie dort auch, ich weiß es nicht mehr, in einer Klinik? Die Möwe, die auf einem Pfahl saß und aufs Meer hinausschaute, sah meiner Großmutter ähnlich. Meine Mutter, dachte ich, hat ihre eigene Mutter, kommt ein Vogel geflogen, als Möwe gemalt.

195

Und zum Raum wird hier die Zeit. Singst du jetzt *Parsifal*? Bist du das? Ja, die Zeit wird hier zum Raum, sie ist dieser Raum. Und alles, ganz gleich, wie lange her und wie weit entfernt, ist auf einmal wieder da, ganz nah, zum Greifen nah, ich müßte es nur fassen.

196

Ich betrachte den Krankenhausboden und seine freundliche Farbe, das rauchgrau-blau-melierte Linoleum. Vielleicht wurde die abstrakte Kunst im Krankenhaus erfunden? Da, wo jemand genügend Zeit hatte, sehr lange etwas anzustarren? So lange, bis es jede Körperlichkeit verlor und nur noch Farbe war und die Farbe selbst zum Körper wurde? Ich staune, was ich in den Schlieren dieses Bodenbelags und auf der weißen Wand so alles sehen kann. Ich muß bloß zwei oder drei Stunden auf dieselbe Stelle starren, und jeder Gedanke und jede Erinnerung werden plastisch, lassen sich von allen Seiten ansehen, drehen und wenden, manchmal gehe ich sogar darum herum.

197

Alexandra, deren Vater den Sanitätsfachhandel führte, ist in der Türkei ertrunken, in einem Hotelswimmingpool, obwohl sie eine gute Schwimmerin war. Ihr Mann stand am Beckenrand und bemerkte nichts. Sie waren mit ihren beiden Kindern im Urlaub, das jüngere, ein Mädchen, erst elf Monate alt. Sie hatte, ich höre es noch, so ein tolles Lachen. Ich höre es jetzt.

198

Von einer Ärztin mit unglaublichen Mandelaugen, sie hat den Raum gerade verlassen, bleibt ein Duft im Zimmer. Trägt sie Parfüm? Ärztinnen riechen doch sonst nicht so. Ich rieche an meinen Fingern und versuche zu erschnüffeln, was für ein Duft es war, sie hat mir doch die Hand gegeben, ich rieche aber nur das Lifosan, die Waschlotion aus dem Hebelspender im Bad, die ich so gern verwende. Ich wasche mir oft die Hände, wahrscheinlich viel zu oft, und benutze auch die Desinfektionsflüssigkeit, ein Spender hängt im Bad neben dem Becken, ein anderer draußen auf dem Flur, gleich neben der Tür zu unserem Zimmer. Immer wenn ich daran vorbeigehe, drücke ich mit dem Ellbogen darauf, lasse den Alkohol in die offene andere Hand laufen und verreibe die Flüssigkeit, wie ich es auf den Abbildungen gesehen habe. Sieben- oder achtmal am Tag desinfiziere ich mir so die Hände, die Finger meiner linken wie der rechten Hand riechen nach Sterillium, nach Sterillium und Lifosan, meinen beiden Krankenhausparfüms.

Wer roch wie? Julia roch nach Rive Gauche von Yves Saint Laurent, manchmal trug sie auch Chanel N° 19 oder N° 5. Eine Mitschülerin, das ist lange her, roch nach Patschuli. Und ich muß an Susanne denken, die nach L'Eau d'Issey roch, damals, als sie ein-, zweimal in der Woche morgens bei mir klingelte und vor der Haustür auf mich wartete. Dann ging es, ich zu Fuß neben ihr auf dem Fahrrad, zum Sportplatz, Laufen, zehn Runden, manchmal zwölf, ohne viel zu reden, sie innen, ich außen. Nach sieben oder acht Runden fielen wir auseinander, sie wurde schneller, setzte sich Kopfhörer auf und rannte davon. Erst nachher, während wir verschwitzt zurückgingen, unterhielten wir uns. Sie erzählte, was ihr Sohn, damals drei, dann vier Jahre alt, gerade angestellt oder wie sonderbar ihr Mann, bald ihr Ex-Mann, sich wieder benommen hatte. Oder daß sie, Fortsetzung ihres Frühsports, anschließend mit dem Fahrrad vom Zionskirchplatz bis nach Charlottenburg fahren werde, um ihren Therapeuten aufzusuchen, obwohl der ihr dann doch nur zu viel Bewegung riet und Fischölkapseln verschrieb, die sie alle zwei Monate hundertvierzig Euro kosteten. Sind das nicht sehr teure Placebos?, fragte ich sie einmal, woraufhin sie bloß sagte: Aber sie helfen mir doch. Wären sie billiger, täten sie das nicht.

An der Kreuzung, an der die Mauer, als sie dort noch stand, einen Knick in den heutigen Mauerpark machte, küßten wir uns zum Abschied, sprachen aber nie, eigentlich absurd, über unser Verhältnis ein paar Jahre zuvor, als wir für einige Monate zusammengewohnt und immer wieder mal miteinander geschlafen hatten, sie eigentlich aber schon mit dem späteren

Vater ihres Kindes zusammen war. Ihr L'Eau d'Issey stand auf einem Bord über dem Waschbecken im Bad.

200

Ich rieche Regen durchs offene Fenster. Wasser allein riecht nie so. Ich rieche Regen und höre eine Amsel singen. Eine zweite Amsel antwortet, sie singen hin und her.

201

Jemand hat mir mal erzählt, daß Ameisen mit Hilfe eines Duftstoffes verhindern, von anderen Ameisen für tot gehalten zu werden. Ameisen haben einen Lebensgeruch an sich, der sich bald nach ihrem Tod verflüchtigt. Ein Tier, das nicht mehr nach Leben riecht, wird von darauf spezialisierten Transportameisen aus dem Bau getragen, die Duftpolizei der Ameisen ist wachsam und streng. Nekrophorese heißt dieses Hygieneverhalten, tote Körper zu entsorgen, bevor der Verwesungsprozeß einsetzt; Nekrophorese wird von verschiedenen staatsbildenden Insekten praktiziert. Tote Ameisen, auch das habe ich behalten, riechen schon eine Stunde nach ihrem Tod nicht mehr nach Leben.

Rieche ich denn noch nach Leben? Oder bin ich doch vielleicht schon tot? Müßten die Schwestern das nicht riechen? Die Mandelaugenärztin? Und mein Nachbar? Oder rieche ich jetzt vielleicht nach dir?

Mich selbst kann ich nicht riechen, das Kind sagt gern: Du stinkst.

202

Ich rieche Rosen hier im Krankenzimmer, aber hier stehen schon lange keine Blumen mehr, Blumen bringen zu viele Keime. Ich rieche Feigen, Lavendel, Flieder, Holunder und Lindenblüten – Lindenblüten im Juni möchte ich noch einmal riechen, nassen Strand, Rebeccas Nachthemd, einen warmen Felsen, trockenes Moos, Waldboden, Waldmeister, Julias Haar und Rosen, Rosen. Beerdigungen riechen doch nach Rosen, so geht meine Phantosmie.

203

Der Geruch des Essens auf dem Flur. Die Tabletts warten in den geheizten Fächern des Thermowagens, Essen kommt dreimal am Tag, ein Pfleger trägt es herein und stellt es auf der ausklappbaren Ablage des Nachtschranks ab. Eine Kunststoffhaube mit einem runden Loch in der Mitte bedeckt die Menüschale und hält die Mahlzeit warm, das Suppenschüsselchen trägt einen Gummideckel, heute, ich schaue hinein, wieder passierte Gemüsesuppe, keine Brühe.

Bevor ich die Haube von der Hauptmahlzeit hebe, stelle ich mir vor, es läge etwas ganz anderes darunter, eine große Überraschung. Eine Blume. Ein Buch. Ein abgeschnittener Finger, ein frisches Herz.

Und dann? Ein quadratisches Stück Gemüselasagne liegt auf dem Teller, der Unterteilungen für die Beilagen hat, ein Stück Spinatblatt ragt zwischen den weichgekochten Teigplatten hervor. Schön sieht das nicht aus, der Spinat erinnert an Algen, und ich träume auf einmal von all den Mahlzeiten, die ich je gegessen habe, von den Mohnnudeln, den Marillenknödeln und den Scheiterhaufen aus im Obstgarten von mir selbst gepflückten Klaräpfeln, den Hascheeknödeln, den Kraut- und Schinkenfleckerln und all den anderen Gerichten meiner Großmutter in Österreich.

Haben Sie Ihre Essenskarten ausgefüllt?, unterbricht der Pfleger meine Träumerei. Jeden Tag die gleiche Frage. Ja, habe ich. Natürlich. Ich habe gewählt zwischen Butter und Margarine, zwischen Honig und Marmelade, habe mich für eine zweite Schrippe statt einer Scheibe Mischbrot entschieden, dazu Obst. Essen I, Essen II, Schonkost, weitere Varianten, wie früher in der Mensa.

Ich könnte ja mal, auch eine Antwort, mein Tablett zu Boden werfen. Ein Mittagessen in Frankreich fällt mir ein, vor vielen Jahren, Schüleraustausch bei einer Gastfamilie, da rutschte ich mit dem Messer auf dem Fleisch ab und schleuderte das Steak und fast alle Pommes frites, die auf meinem Teller lagen, in hohem Bogen auf den Boden. Die beiden Kinder fingen an zu lachen, dann krochen und krabbelten wir gemeinsam über den Teppich, sammelten mein Essen wieder auf. Der Hund, der schläfrig unter dem Tisch gelegen hatte, war als erster beim Fleisch.

204

Die Mandelaugenärztin hat wieder Dienst. Sie trägt Turnschuhe der Marke Onitsuka Tiger und glitzernde Ohrringe, lachend gibt sie mir die Hand. Sie hat keine Angst, mich zu berühren, desinfiziert sich dann aber die Hände. Ist mir auch lieber so.

205

Ich bin runter, Zeitung holen, sagt mein Bettnachbar und ist schon zur Tür hinaus. Ich hoffe, er bleibt nicht in einem selten benutzten Aufzug stecken wie der Patient in einem anderen Berliner Krankenhaus, der erst nach drei Tagen gefunden wurde. Da hatte er schon angefangen, seinen eigenen Urin vom Aufzugsboden aufzulecken. Der Mann drückte den Alarmknopf, hämmerte gegen die Kabinenwand, schrie, aber niemand hörte ihn. Kein schöner Tod, denke ich, in einem Krankenhausaufzug zu verdursten.

Später erzählt mir mein Bettnachbar von einem Mann, der sich in einem Krankenhaus verlief und erst fünf oder sechs Tage später tot in einem leerstehenden Technikraum gefunden wurde. Seine Angehörigen hatten schon überall auf dem Klinikgelände Zettel mit Fotos von ihm aufgehängt. Er hatte bloß eine Zigarette rauchen wollen. Rauchen, sagt mein Bettnachbar, gefährdet eben die Gesundheit.

206

Es kribbelt, alles bewegt sich. Was krabbelt da nachts wie Ameisen in mich herein? Aus mir hinaus? Einmal kamen die Ameisen aus dem Garten in mein Kinderzimmer. Ich hatte zu viele Süßigkeitenpapiere in der Schublade einer Kommode liegengelassen.

207

Die Medizinstudentin, die diesmal bei der Visite dabei ist, trägt ihr blondes Haar am Hinterkopf halb zusammengesteckt, kleine rote Dreiecke aus Holz baumeln von ihren Ohrläppchen, sie lächelt und lacht über eine leichte Unsicherheit hinweg. Sie gefällt mir, wie mir eine Klassenkameradin, Daniela, gefallen hat, die in der zehnten Klasse eine Zeitlang neben mir saß, sitzengeblieben, nein, nicht sitzengeblieben – sie war während des Schuljahrs in unsere Klasse zurückgestuft worden, eine Maßnahme, mit der engagierte Eltern ihrem Kind die Demütigung des Sitzenbleibens ersparen konnten, auch wenn sie letztlich auf dasselbe hinauslief. Mitten im Schuljahr kam sie in unsere Klasse und saß in Französisch, mittwochs und freitags siebte Stunde, neben mir. Und weil ich mich langweilte, fing ich an, ihr Zettelchen zu schreiben, kurze Briefe, dummes Zeug, und obwohl Französisch mich damals überhaupt nicht interessierte, brachte ich sie dazu, mir Nachhilfe zu geben. Dabei war es gar nicht so, daß ich Nachhilfe nötig gehabt hätte; vielmehr, so lautete die unausgesprochene Abmachung, spielten wir Nachhilfe, ich gab den Schüler und sie, ein Jahr älter als ich, die Lehrerin, nachmittags, zu Hause bei ihr. Ich fuhr mit dem Fahrrad hin, sie empfing mich an der Haustür und bat mich zum Unterricht an einen großen, schweren Eichentisch im dunklen Eßzimmer. Beim ersten Mal dauerte die Nachhilfe wie vereinbart fünfundvierzig Minuten, beim zweiten Mal nur noch eine knappe halbe Stunde. Später lagen wir in ihrem Zimmer auf dem Teppichboden – Musik können wir kaum gehört haben, sie hatte nicht mehr als vier oder fünf Platten, aber das war mir, die Hand in ihrer Unterhose, ganz egal. Ich nahm ihr Kassetten auf, Mixkassetten mit Liedern von Joy Division, den Smiths, The Fall und den Stranglers, die sie dann, wie ich vermutete, niemals hörte. Immer war sie auf eine merkwürdige Art aufgeregt, immer hatte sie eine Aufregungsröte im Gesicht, als ob sie jederzeit mit ihrem Vater rechnete, dem ich nie begegnet bin. Nach der zehnten Klasse wechselte sie die Schule, und ich verlor sie aus den Augen. Ich weiß nicht, wo sie heute wohnt.

208

Zum ersten Mal, seit ich in diesem Zimmer liege, bemerke ich die beiden Bilder an der Wand mir gegenüber, ich muß mich loben, über Wochen hinweg hier zu liegen und die beiden Kunstdrucke von Marc Chagall nicht einmal zu bemerken, auch eine Leistung. Nun sehe ich einen Blumenstrauß, sehe sich umarmende Paare. Ich mag Chagall nicht, blöder Kitsch mit Geigen, aber während ich das denke, stelle ich fest, daß die Bilder mich nicht stören. Die Farben erinnern an die der Wände in den Röntgenräumen und an die der Besucherkittel auf der Intensivstation, Blaßblau und Uringelb. Blaßblau und Uringelb sind, finde ich mittlerweile, schöne Farben.

209

In den Kinderstationen, auf denen ich gelegen habe, hingen überall, wie ich damals fand, schreckliche Kinderzeichnungen, Krikelkrakel, Krakeleien. Dreizehn-, Vierzehnjährige finden die nicht so toll, nicht mehr und noch nicht wieder. Erst die Krakelbilder der eigenen Kinder sind wieder wichtig – ich hebe sie alle auf.

210

Eines Tages, noch in Bonn, ich lag in der Kinderklinik an der Adenauerallee, gleich neben dem Auswärtigen Amt, kam ein Mädchen von der anderen Rheinseite mich besuchen. Wir hatten uns beim Zelten kennengelernt und zwei- oder dreimal geschrieben, ich wußte nicht, wie oder von wem sie erfahren hatte, daß ich im Krankenhaus lag, die Kinderklinik war mir peinlich, immerhin war ich schon sechzehn Jahre alt. Das Fenster des Zimmers, ich hatte es für mich allein, ging hinaus auf den Rhein, am Ufer gegenüber und etwas stromaufwärts erhob sich das Siebengebirge. Sie erzählte, sie sei mit der Bahn aus Königswinter gekommen, und natürlich, ich fragte sie danach, kannte sie den Parkplatz, von dem aus die RAF die Amerikanische Botschaft am gegenüberliegenden Godesberger Ufer beschossen hatte, das war damals noch nicht lange her. Sie saß da, ganz nah an meinem Bett, und hielt meine Hand. Sie hatte sehr blaue Augen, unwahrscheinlich blaue Augen, blaue Augen, wie ich sie nie wieder gesehen habe.

211

Ich blättere in einem älteren Notizbuch, das in einem Seitenfach meiner braunen Reisetasche lag, offenbar hatte ich es da vergessen. Ich lese, im Krankenhaus liegend, Notizen übers Krankenhaus, diese Notizen habe wohl ich gemacht, die Schrift sieht aus wie meine. Immer wieder lese ich das Wort *Krankenhaus*, eigentlich möchte ich das Wort *Krankenhaus* nie wieder hören, schreiben oder lesen, ich möchte es nicht einmal mehr denken – aber weil ich schon weiß, daß ich das Wort *Krankenhaus* noch sehr oft werde hören und sagen müssen, versuche ich, mich abzustumpfen, ich sage leise: Krankenhaus, Krankenhaus, Krankenhaus, ich versuche, mich zu immunisieren, Krankenhaus, Krankenhaus, Krankenhaus, ich spreche dieses Wort so oft, bis es gar nichts mehr bedeutet, Krankenhaus, ach Krankenhaus. *Klinik* oder *Klinikum* klingt auch nicht besser.

Im Krankenhaus, so mein Bettnachbar und Zimmerkamerad, er hat mich murmeln hören, seien wir dazu verdammt, zu liegen und zu warten, bis es besser wird. Oder richtig krank zu werden. Deshalb heiße es «Krankenhaus».

212

Ich schaue aus dem Fenster, sehe den Kanal und denke wieder einmal, ich würde gern aufstehen, mich anziehen und mit dem Aufzug hinunterfahren, würde gern durch den Südausgang zum Kanal gehen und am Kanal entlang Richtung Lehrter Bahnhof wandern. Aber den Lehrter Bahnhof gibt es gar nicht mehr, der Bahnhof, der heute da steht, wird Hauptbahnhof genannt.

Eine der älteren Schwestern hat mir erzählt, das Gelände hier sei einmal eine Sandfläche gewesen, auf der kein Baum gestanden habe, ein Exerzier- und Artillerieübungsplatz, eine kleine Wüste, aber dann sei eine Gartenstadt für Kranke darauf entstanden, erbaut von Ludwig Hoffmann nach einer Idee von Rudolf Virchow – eine Krankenstadt!, habe der Kaiser zur Einweihung im Jahre 1906 gerufen. Die alten Pavillons dieser Krankenstadt wurden bis auf drei, in einem davon befindet sich jetzt die Krebstagesklinik für Kinder, alle abgerissen, heute stehen Hochhäuser an der Mittelallee. In einem von ihnen liege ich.

213

Jede Viertelstunde steht der neue Bettnachbar auf, wischt imaginäre Krümel von seiner Bettdecke, zieht das Laken straff und schleppt sich zum Schrank, öffnet die Tür und wühlt in den Tüten, die in seinem Fach stehen, trinkt einen Schluck aus einer Saftpackung oder nimmt sich einen Apfel. Er hat eine große Tüte mit kleinen, verschrumpelten Äpfeln mitgebracht.

In Sibirien habe er einen eigenen Garten gehabt, erzählt er, seit vier Jahren erst lebe er in Deutschland, und immer wieder sei er im Krankenhaus, jeden Monat einmal. Früher sei er mit einem Lastwagen durch Sibirien gefahren und habe Stämme zum Sägewerk und Bretter vom Sägewerk zu Baustellen transportiert, durch die Taiga, manchmal bei minus vierzig Grad. Bei unter vierzig Grad Kälte gehe nicht mehr viel, dann funktionierten Verbrennungsmotoren nicht mehr, und der Wodka, er habe bei solchen Temperaturen nur mit Wodka fahren können, wärme auch nicht mehr richtig. Nach fast vierzig Wodkawintern sei die Leber halt kaputt.

Deshalb also ist er hier. Sein Bauch ist geschwollen, und

wälzt er sich aus dem Bett, wälzt er zwanzig Liter Wasser mit, alle vier Wochen werden die im Krankenhaus abgelassen. Dann läuft er wieder voll.

214

Ich hatte einmal einen Erdkundelehrer, der von Sibirien schwärmte. Von der Weite, Kälte und Größe, er schwärmte auch von den großen Projekten der Sowjetunion, der Umleitung der sibirischen Ströme zur Bewässerung der Steppen im Süden und neuen Städten im Eis. Alt genug, um als Kriegsgefangener dort gewesen zu sein, war er nicht, seine Sibirieneuphorie wäre in dem Fall wohl weniger groß gewesen. Vielleicht hatte er eine Erdkundelehrerreise mit der Transsibirischen Eisenbahn gemacht? Oder träumte davon? Ich weiß noch, daß dieser Lehrer, Herr Gelhar, unserer achten oder neunten Klasse empfahl, uns, wenn überhaupt, dann doch bitte mit Wodka zu betrinken und nicht mit süßen, bunten Likören. Besser kein Baileys, kein Blue Curaçao, sondern Wodka, sagte er, der erzeuge den reinsten und klarsten Rausch und verursache weniger, meist gar keine Kopfschmerzen am nächsten Morgen. Er kannte sich anscheinend aus.

215

Ja, der Mensch muß alles durchmachen, sagt mein Bettnachbar und unterbricht damit sein Stöhnen. Er stemmt sich Richtung Schrank und nimmt sich wieder einen Apfel aus seiner Apfeltüte, einen kleinen, gelben, wurmstichigen Apfel. Die Äpfel, das hat er mir schon erzählt, findet er auf einem unbebauten Grundstück irgendwo im Osten, keiner will sie haben, er sammelt sie auf. Er setzt sich wieder auf sein Bett, viertelt die Frucht mit seinem Taschenmesser, schneidet das Kerngehäuse heraus, schält die Viertel und steckt sie sich mit der Klinge seines Messers, die Klinge ist rostig, in den Mund. Als er das letzte Apfelviertel gegessen hat, steht er wieder auf, geht zum Schrank, schaut in drei seiner sieben Tüten nach und findet schließlich die Schachtel, in der sein Elektrorasierer steckt, ich hätte ihm sagen können, daß der Rasierer in der Kaufhoftüte ist, er hat ihn schon dreimal aus- und wieder eingewickelt. Kaum hat er einige Stoppeln in seinem Gesicht rasiert, legt er den Apparat zurück in den angestoßenen Originalkarton, aber da liege ich längst nicht mehr in diesem Zimmer, ich liege auf der Wiese seines sibirischen Gartens, von dem er so schwärmt, Pflaumen wachsen mir in den Mund, reife, rote Äpfel fallen ins Gras, Spätsommerblumen, Blumen, wie ich sie nie gesehen habe, blühen in frühen Herbstfarben, und ein paar unscheue Hasen sitzen um mich herum. Sie hoppeln erst fort, als ich ihn wieder stöhnen höre, er stöhnt mir sein wolgadeutsches Schicksal vor. Noch vor der Zwangsumsiedlung sei er an der Wolga geboren und als Kleinkind nach Sibirien deportiert worden, Stalin sei Dank, die ersten Winter seien grausam gewesen, er sei in einem Erdloch aufgewachsen, umgeben von Leichenbergen, der Mensch muß alles durchmachen, sagt er zum zweiten, vielleicht auch schon zum dritten oder vierten Mal und fügt hinzu: Und Hoffnung muß sein, denn ohne Hoffnung is' alles am End.

216

In der Grundschule hatten wir zwei Spätaussiedlerkinder in der Klasse. Sie hießen Gertraute und Elisabeth, Namen, die mir zwischen all den Heikes und Tanjas sehr sonderbar vorkamen, unpassend für Schülerinnen meines Alters, Namen, die zu strengen Erzieherinnen in Waisenhäusern paßten, dachte ich, nicht aber in unsere Klasse. Ich erinnere mich nicht daran, während der vier Grundschuljahre auch nur einmal mit ihnen geredet zu haben, ich glaube, niemand hat mit ihnen geredet, und selbst haben sie nie den Mund aufgemacht. Die hübschere, die Elisabeth hieß, trug ihr langes, blondes Haar immer zu zwei Zöpfen geflochten und hatte wochenlang dasselbe Kleid an, darunter immer dieselbe Wollstrumpfhose. Ich habe damals nicht bemerkt, wie hübsch sie war, sie sah ja aus wie von einem anderen Planeten.

217

Eines Nachts, das Bett hat schließlich Räder, rolle ich über zugefrorene sibirische Ströme nach Süden, ich rolle über Schlammpisten, bleibe in Schneeverwehungen stecken und komme in eine Verkehrskontrolle, weiß aber, daß Polizisten in Sibirien nur eine Flasche Wodka kosten, ich fahre durch die Taiga, bis mein Motor stöhnt und immer lauter stöhnt, ich wache auf. Mein Bettnachbar stöhnt, als wäre er seine eigene Beatmungsmaschine, sein Atem rasselt, er röchelt, schnaubt kurz auf, japst nach Luft, bevor er schön gleichmäßig weiterstöhnt.

Am nächsten Morgen sagt er, er sei in seiner dreizehnten

пятилетка. Pjatiletka, das muß er mir erklären, ist das russische Wort für Fünfjahresplan. Und ich rechne zehn mal fünf und drei mal fünf und addiere die Zwischensummen, wozu ich, das Krankenhaus hat mich langsam gemacht, fast zwei Minuten brauche. Eigentlich sieht er älter aus. Er spürt wohl, daß ich so etwas denke, und sagt: Zeit kommt schnell bei uns in Rußland.

218

Jede Nacht kommt die Nachtschwester herein, kontrolliert die Zimmer, schaut nach der Infusion, prüft, ob wir brav in unseren Betten liegen und unsere Medikamente genommen haben. Sie fragt, ob wir vielleicht ein Schlafmittel brauchen. Zimmerkontrolle, wie im Internat.

219

Einmal, ich war selbst noch Schüler, habe ich mich bei Katja im Internat einsperren lassen, um bei ihr zu übernachten. Kurz vor Ende der Besuchszeit schleuste sie mich hinauf in ihr Zimmer, das sie sich mit einer Klassenkameradin teilte, ich setzte mich, bevor der Kontrollgang des Erziehers begann, in ihren Kleiderschrank. Da saß ich dann wie Hanni und Nanni auf Burg Schreckenstein oder, der Vergleich gefällt mir besser, wie der junge Raymond Federman während der Besatzungszeit in Paris, nachdem die Mutter ihn in einen Schrank auf dem Flur geschubst hatte. Nur stand vor meinem Schrank nicht die französische Polizei, die meine

Eltern verhaftete, sie ins Vélodrome d'Hiver fuhr und von uns Deutschen nach Auschwitz deportieren ließ, da stand bloß ein Erzieher, der die Mädchen fragte, ob alles in Ordnung sei. Was sie brav bejahten, brav tun konnte Katja gut. Kurze Zeit später klopfte sie gegen die Schranktür, und ich kam heraus, woraufhin die Mitbewohnerin sich zu ihrer Freundin in ein anderes Zimmer schlich. Katjas Bett war, daran erinnere ich mich, schmal.

Bald danach, sie war noch nicht aus dem Internat geflogen, fuhren wir zusammen nach England. Die Reise fing damit an, daß ihre Mutter uns nach Köln zum Hauptbahnhof brachte, sie wollte uns in den Nachtzug nach London steigen sehen. Daß wir nur Fahrkarten bis Aachen hatten und von dort aus trampen wollten, wußte sie nicht. Auf dem Bahnsteig wurde Katja mit der Bitte verabschiedet, sich im Ausland nicht auf schmutzige Toiletten zu setzen, schmutzige Toiletten waren ihre größte Sorge, sie hatte leider keine Ahnung.

Drei Jahre später, ihre Ausbildung in einem Gartenbaubetrieb hatte sie abgebrochen und den Plan, Landschaftsarchitektin zu werden, aufgegeben, beschloß Katja, einem Drogenbekannten dabei zu helfen, achthundert Kilogramm Haschisch von Spanien über die Pyrenäen zu schmuggeln. In einem Wohnmobil fuhren sie bis zur Grenze und wurden kontrolliert – den französischen Zollbeamten war aufgefallen, wie tief der Wagen auf der Straße lag. Katja wurde wegen Beihilfe verurteilt und saß fast zwei Jahre in einem französischen Gefängnis.

220

Jede Schwester hat ihre eigene Art, mit Patienten umzugehen. Die eine fällt durch fast übertriebene Freundlichkeit auf, die andere legt eine interessante, gerade noch sympathische Ruppigkeit an den Tag, eine dritte ist stets streng, klar, konkret und wenig persönlich. Noch eine andere erzählt mir eines Nachts, daß sie nicht Krankenschwester bleiben möchte, sondern lieber wieder auf dem Bauernhof ihrer Eltern arbeiten will, eines Tages werde sie den übernehmen. Nach den Kühen im Stall müsse sie dann ja auch in der Nacht sehen, das könne sie hier also schon üben. Ich bin, sage ich, solange gerne Ihre Übungskuh.

Nach elf Wochen auf Station werde selbst die rauheste Schwester zärtlich, sagt mein Bettnachbar, letztes Jahr lag er elf Wochen hier.

221

Krankenhauslangeweile, ich halte dich nicht mehr aus, ich halte mich nicht mehr aus – dann aber halte ich doch aus. Es ist eigentlich gar nicht so schlimm. Das Essen kommt pünktlich alle paar Stunden, hin und wieder kommt auch Besuch.

222

Ich erinnere mich an die Atemtests vor einigen Jahren, frühmorgens hier im Virchow. Noch vor sieben Uhr hatte ich mich nüchtern einzufinden in einem fensterlosen Untersuchungsraum, einmal im Monat, ein ganzes Jahr. Um Punkt sieben pustete ich das erste Mal in einen Aluminiumbeutel und verschloß ihn mit einem Drehventil, trank eine hochkonzentrierte Malzzuckerlösung – schmeckte nicht gut, schmeckte überhaupt nicht gut, viel zu süß, ein ganzes Glas voll – und blies von da an jede halbe Stunde einen weiteren Aluminiumbeutel auf, immer zwei, drei Züge Atemluft: Stoffwechselabbauprodukte und damit auch die Leberleistung lassen sich in der Atemluft messen. Es war ein Forschungsprojekt, für das B. mich verpflichtet hatte, machte ich gerne, ich mußte ja bloß in diese Beutel blasen. Hatte ich einen gefüllt, stellte ich die Eieruhr wieder auf eine halbe Stunde und legte mich auf die Untersuchungsliege, las oder schlief ein. Gegen vierzehn Uhr blies ich in den letzten der fünfzehn akribisch beschrifteten Alubeutel, der Arzt, der die Studie betreute, trug sie in zwei großen Müllsäcken, lauwarme Luft ist ja nicht schwer, in sein Labor und untersuchte dann ein paar Tage lang meinen in Beuteln abgepackten Odem. Mir gefiel diese Tätigkeit, Einhauchen, Aushauchen, leider wurde ich nicht dafür bezahlt. Heute gibt es einen standardisierten Atemluft-Leberfunktionstest, er dauert nur noch eine Stunde.

223

Eine Ärztin kommt mit offenem Kittel ins Zimmer, steht an meinem Bett, spricht mit der Schwester und fragt mich etwas, das ich nicht verstehe. Ich verstehe es nicht, weil ich, seit sie sich in diesem Raum befindet, auf ihre großen

Schamlippen starren muß, die sich deutlich, überdeutlich unter dem Stoff ihrer Hose abzeichnen.

Eine Kostümbildnerin hat mir einmal von einer Schauspielerin erzählt, die eines Tages zu ihr kam und sie bat, ihr alle Hosen so zu ändern, daß genau dieser Effekt eintrete. Die Kostümbildnerin wunderte sich, konnte ihr aber helfen.

Mit Rebecca, das muß während ihres letzten Besuchs in Paris gewesen sein, war ich auf der Jahresausstellung einer Kunsthochschule, wo wir Mösenabgußsets bestaunten. Diese Mösenabgußsets – Idee einer Künstlerin, die ein paar hundert davon an Ort und Stelle hinter einem Klapptisch verkaufte – bestanden aus einer kleinen Tube Rasierschaum, einem Einwegrasierer, einem Döschen Vaseline, einem Tütchen Gips und dem Karton, in den, halbgeöffnet und mit angerührtem Gips gefüllt, die Formgeberin ihre Möse pressen sollte. Wir kauften ein Set und hatten zu Hause natürlich nichts Besseres zu tun, als gleich einen Abguß herzustellen. Ihre Möse in Gips, das war Rebeccas Abschiedsgeschenk. Bis er mir, ich weiß nicht mehr, wie oder wo, abhanden kam, war dieser Würfel mit Gesicht ein schöner Briefbeschwerer.

224

Sprich, liebes Bett auf Rädern, sprecht mit mir, liebes Fenster, lieber Nachtschrank, liebe Notruftaste, lieber Tisch. Erzählt mir alles, liebe Lampe mit Energiesparleuchte, liebes schäbiges Licht. Sprich mit mir, liebe Matratze, sprecht mit mir, liebe Bettdecke, lieber Bettbezug, sprecht auch ihr lieben dünnen blau-grünen Streifen. Sag was, lieber Galgen, und du auch, leergetropfte Flasche Antibiotikum, sprecht, liebe Zimmerdecke, liebe Nische zum Fenster, lieber Wandschrank, liebes Regal mit den grünen Pappkartons, drei übereinander, in denen Einweghandschuhe in den Größen S, M und X liegen, Buchstaben, die mir ganz anderes versprechen wollen, sprich, lieber Antiseptspray, sprich, lieber Verbandsmull, und sprich, lieber Sicherheitskanister für kontaminierte Abfälle, liebe Geräteleiste mit Sauerstoff- und Druckluftanschluß, sprich mit mir, liebes Kopfkissen, auf dem dieser Kopf liegt und schläft und spinnt und verzweifelt und manchmal auch sehr euphorisch wird.

DIE MÜDE GIRAFFE

Normosome Konstitution in reduziertem Körperzustand mit feinschlägigem Tremor, psychisch unauffällig. Haut und sichtbare Schleimhäute o.B., kein Foetor, keine Ödeme. Kopf und Hals unauffällig ohne Anhalt für Infektion, keine obere Einflußstauung. Bauchdecke straff, keine Resistenzen tastbar, reizlose Narbe nach Transplantation, T-Drain in loca typico. Keine Hernien. Hypästhesie im Narbenbereich.

Ich darf packen und mich verabschieden, es geht in die Reha. Ein Krankentransport holt mich ab, ein Fahrer kommt mit einem Rollstuhl ins Zimmer, nimmt meine Reisetasche, und ich sage: Auf Wiedersehen, Zimmer, tschüs, Station. Und sitze bald in einem Kleinbus, wir rollen nach Norden aus der Stadt hinaus, mein Platz ist links am Fenster. Ich staune selbst, wie sehr ich mich über jedes Gebäude, jede Tankstelle, jede Industrieruine, jeden Billig-Discounter und jeden Baumarkt freue, ich habe so lange keine Teppich-Center mehr gesehen. Ich freue mich dann auch über die Autobahn und ihre Leitplanken und schaue von meinem leicht erhöhten Sitz in alle Autos, die uns überholen. In jedem Wagen sitzt mindestens ein Mensch.

Mit mir im Bus befinden sich zwei weitere Patienten. Ich unterhalte mich mit einer Frau, sie kann nicht viel älter sein als ich. Wir sprechen über Jahreszeiten. Wir sprechen über das Wetter. Und ich denke schon erleichtert, alles ist gut, da fängt sie doch mit ihrer Krankengeschichte an, erzählt sie wie ein Abenteuer, als wolle sie sagen: Sieh, das alles habe ich durchgemacht, erlitten und bis hierher überstanden.

225

Die Klinik liegt an einem großen See, der See heißt Müritz und ist nicht tief. Ich liege auf einem großen Bett in einem Zimmer mit Balkon und theoretischem Seeblick, Bäume sind in die Aussicht gewachsen. Manchmal stehe ich auf dem Balkon und halte Ausschau nach einem der Seeadler, die es hier geben soll. Sehe aber keinen.

226

Drei- oder vierhundert Patienten dieser Klinik begegnen sich im Speisesaal zum Frühstück, beim Mittagessen, Abendbrot, auf dem Weg zum Buffet, beim Herein- und Hinaushumpeln. Zwei der Patienten sind jünger als ich, beide haben eine Nierentransplantation hinter sich gebracht, alle anderen, Herzkranke, Magenkranke oder sonstwie Kranke, sind älter als ich, sogar sehr viel älter, wahrscheinlich, denke ich, ist es das letzte Mal, daß ich irgendwo einer der Jüngsten bin. Morgens, mittags und abends sitzen wir zusammen bei Tisch, ansonsten verbringen wir unseren All-inclusive-Aufenthalt mit vorgeschriebenen Anwendungen und Aktivitäten; es gibt Stundenpläne für jeden Tag, und es kursiert das Gerücht, daß, wer zu viele seiner Anwendungen auslasse, die Rehabilitationsmaßnahme am Ende selbst bezahlen müsse. Ich glaube da mal nicht dran und verschlafe den Frühsport im Wald um halb sieben und lasse mich auch beim Korbflechten nicht blicken. Ich gehe, was nicht schaden kann, in den Kraftraum. Ich muß aufs Ergometer, zur Gymnastik und zum Schattenboxen, ich schwanke zwischen Töpfern und Speckstein-Bearbeiten, höre Vorträge zum Thema lebenslange Immunsuppression und den damit verbundenen Risiken. Und lerne, was ich alles nicht mehr essen darf: Rohes, Ungeschältes, alles aus der Erde. Nie wieder Salat. Am besten überhaupt nur Abgepacktes, Tiefgekühltes oder sonstwie haltbar Gemachtes. Konserven. Besser nichts Gutgemeintes aus dem Bioladen, Gutgemeintes hat zu viele Keime, keinen rohen Fisch, kein Sushi, aber das ist nicht so schlimm, es wird ja sowieso bald keine Fische mehr in den Meeren geben. Und Vorsicht vor großen Menschenansammlungen, vor Schwimmbädern, Kleinkindern und Kranken. Ich weiß schon, ich werde mich nicht immer daran halten. Ich sitze da, höre zu und höre nicht zu, ich komme mir vor wie in der Schule, male Männchen und Muster auf das Papier meines Spiralblocks und warte darauf, leider vergeblich, daß es zur großen Pause klingelt. Seit der Schulzeit habe ich mich nicht mehr so gelangweilt. Ich beginne, Männchen auf die Tische zu malen, und überlege, welchen Bandnamen ich einritzen könnte, aber mir fallen nur die ein, die ich schon in der neunten oder zehnten Klasse in Schulbänke geritzt habe. The Smiths, The Cure, Siouxsie and the Banshees.

227

Die Tischgespräche haben bloß ein Thema: Immer wird über Krankheiten geredet, hemmungslos und schamlos, als käme es darauf an, sich gegenseitig zu übertrumpfen. Jeder will eine noch schlimmere Geschichte durchlebt haben oder zumindest kennen, es kommt zu Krankheitsangebereien, zu einem Wettbewerb der schweren Schicksale, und die schlimmste Krankheitsgeschichte gewinnt. Krankheit ist kein Makel mehr, im Gegenteil, in der Welt der Reha ist die Krankheit, Umwertung aller Werte, eine Auszeichnung. Sie hat uns immerhin an diesen Tisch gebracht.

Ich versuche, nicht ständig zu lauschen, und lese während des Essens Zeitung. Trotzdem komme ich mit der Zeit dahinter, daß jede Krankheit, welche auch immer, ihrem Patienten eine Geschichte schenkt. Eine Geschichte, die er oder sie dann gern erzählt, immer wieder, mit Ausschmückungen, Verzögerungen, Abschweifungen und dramatischen Wendungen. Sich selbst erzählen zu hören heißt, noch zu leben. Zu reden heißt, ich bin nicht tot. Ich aber halte das Gequatsche nicht mehr aus. Ich habe für immer genug davon.

228

Ich lerne wieder gehen. Jeden Tag ein paar Schritte mehr, jeden Tag ein Stück weiter. Ich schaffe zehn Meter, ich schaffe zwanzig Meter, ich schaffe es bis hinunter an den See. Es riecht nach Wald und Kiefern, kein Wunder, hier stehen Bäume, der Boden voller Eicheln und Kastanien federt unter meinen Füßen. In der dritten Woche habe ich einen neuen Lieblingssport, der Sport heißt Nordic Walking. Ich mache mich darüber lustig, stelle aber auch fest, daß Nordic Walking ungefähr genau so viel Spaß macht, wie es bescheuert aussieht. Und sieht es nicht sehr bescheuert aus?

229

Besucher kommen an den See, die Freundin oder Ex-Freundin, wir sind uns da nicht so sicher, das Kind mit seiner Mutter, Herr und Frau Rutschky, Frau Hanika, Frau Rösinger, Herr Angele, Herr Merkel. Wir sitzen auf Bänken in der Sonne, im Café, am See.

230

Ich möchte zum Frisör, ich war ja so lange nicht, ich wollte ja schon vor Wochen, will los, lese mich dann aber in dem älteren schwarzen Notizbuch fest, das noch in meiner Tasche war. Ich lese «Die müde Giraffe»:

> Warum bin ich bloß so müde? Ich bin so müde, ich kann nicht mal mehr schlafen.

*

Bin ich müde, weil ich bloß liege? Bin ich müde, weil ich schon so viel erlebt habe? Habe ich überhaupt etwas erlebt? Bin ich müde, weil ich noch nichts erlebt habe?

*

Die Müdigkeit kommt nach dem Essen, bei vollem Magen. Und im Sommer, in der Hitze. Und im Winter. Im Herbst aber auch. Von Frühjahrsmüdigkeit möchte ich nicht reden.

*

Bin ich müde, weil ich mit viel zu vielen viel zuviel geredet habe? Weil ich zuviel gesagt habe? Was habe ich gesagt?

*

Du reibst dir ja schon die Augen, sagte meine Mutter. Sich die Augen zu reiben galt als Zeichen von Müdigkeit. Und ich dachte, ich könnte mir den Schlaf oder die Müdigkeit aus den Augen reiben.

*

Der Schlaf, der morgens zwischen den Lidern klebt: Ist er die Substanz des Schlafs oder das Substrat der ausgeschiedenen Müdigkeit?

*

Du gähnst ja schon – das war der andere Satz meiner Mutter. Auch das Gähnen deutete sie als Zeichen, weshalb ich es abends in ihrer Gegenwart zu unterdrücken versuchte. Ein Gähnen zu unterdrücken ist aber gar nicht so leicht.

*

Und warum verabscheue ich fast keine andere Unhöflichkeit so sehr wie lautes Gähnen? Woher diese Überempfindlichkeit?

Kein Körpergeräusch stößt mich so sehr ab wie das Gähnen. Nur weil ich selbst immer müde bin?

*

Allein das Wort, dieser gedehnte offene Vokal. Das Wort *Gähnen* auszusprechen bedeutet schon fast, es auch zu tun.

*

Müde werde ich bereits bei dem Gedanken an das, was ich alles hätte machen können. Die vielen Möglichkeiten machen müde.

*

Müdigkeit *(defatigatio)* sei Ausdruck eines Mißbehagens aufgrund einer Anstrengung, einer Krankheit oder eines unterdrückten Schlafbedürfnisses. So ungefähr steht es auf der Wikipedia-Seite. Aber wieso? Ist die Müdigkeit, die auf eine Anstrengung folgt, nicht eine Süßigkeit? Ist echte Müdigkeit nicht eine Belohnung?

*

Immer zu arbeiten macht müde, Nicht-Arbeiten, Herumliegen machen es aber auch.

*

Physiologische Müdigkeit wird durch ein Ungleichgewicht zwischen Anstrengung und Erholung verursacht, bei körperlicher oder geistiger Überbeanspruchung etwa. Oder durch Schlafmangel. Oder durch fehlende Motivation und Langeweile.

*

Weil ich immer so müde war, verabreichte meine Mutter mir schon ab dem zweiten Schuljahr morgens Kaffee. Mit viel

Milch. Genaugenommen war es Milch mit einem Schuß Kaffee.

*

Seit Jahren werde ich auch von Kaffee müde. Es gab eine Zeit, da wirkte Kaffee belebend, leider ist das vorbei, Kaffee vertreibt meine Antriebslosigkeit nicht mehr. Schade. (Das Wort *belebend* klingt heute beinah einschläfernd, nach Kaffeereklame aus dem letzten Jahrhundert.)

*

Mein Gott, ein junger Mann wie Sie, warum sind Sie denn so müde?, fragt der alte Mann. Kann ich Ihnen leider nicht erklären.

*

Bin ich vielleicht so müde, weil ich stellvertretend für meinen Großvater müde bin? Weil er so selten Zeit hatte, sich hinzulegen und zu schlafen? Weil er zu Fuß aus der Kriegsgefangenschaft nach Hause gehen mußte? Hat er mir seine Müdigkeit übertragen? Muß ich für ihn müde sein?

*

Fühlt sich an, als hätte jemand auf meine Kosten gelebt. Oder war ich das selbst?

*

Eine erstickende, erdrosselnde, erschlagende Müdigkeit überfällt mich, nachdem ich das Kind ins Bett gebracht habe. In diese Müdigkeit mischt sich die Lust, mich zu betrinken. Ich glaube, meine Eltern haben das so gemacht. War ich im Bett, wurden Weinflaschen geöffnet.

*

Als Kind bewunderte ich die Fähigkeit der Erwachsenen, sofort einschlafen zu können. Mein Vater legte sich hin, schloß die Augen – und schlief. Das Einschlafen mußte ihm beim Ausruhen auf einem Gedankenstrich passiert sein. Heute ist es umgekehrt: Das Kind schläft sofort ein, und ich, der Erwachsene, liege stundenlang wach, weil ich an dies und das und dazwischen noch an tausend andere Dinge denken muß.

*

Dann schlafe ich doch ein und wache gleich wieder auf. Und frage mich, ob es meine Müdigkeit war, die mich geweckt hat. So ein Quatsch.

*

Ich bin müde von all den Sorgen, die ich mir mache. Es ist dein schlechtes Gewissen, das dich nicht schlafen läßt, höre ich meine Mutter sagen. Ach so.

*

Die Müdigkeit des Nichtstuns – ist es vielleicht das Menschlichste am Menschen, daß er sich sagen kann: Ich bleibe liegen, heute mache ich nichts, ich warte einfach ab, stehe nicht auf, ich bin nun ein Oblomow?

*

Der Mensch steht aber auch auf, obwohl er noch hundemüde ist. Ich kann mir nicht vorstellen, daß Tiere das tun, Tiere stellen sich doch keinen Wecker.

*

Hunde schlafen viel, Giraffen hingegen fast gar nicht. Auf der Skala der Schlafdauer verschiedener Säugetiere besetzt der Mensch ungefähr die Mitte. Ist es den Giraffen einfach zu anstrengend, sich hinzulegen und wieder aufzustehen, verbrauchen sie dabei zuviel Energie? Schlafen ihnen am Boden gar die Beine ein? Hat ihr Wenigschlafen mit ihrem langen Hals zu tun? Müßten Giraffen nicht immerzu furchtbar müde sein? Oder haben sie am Ende keine Zeit zu schlafen, weil sie immerzu fressen müssen, jeden Tag an die dreißig Kilo Blätter, wozu sie sechzehn bis zwanzig Stunden brauchen?

*

Müßte der Mensch so ausgiebig essen wie die Giraffe, er käme zu nichts anderem mehr. Er hätte keine Zeit, Kathedralen, Flugzeuge und Krankenhäuser zu bauen, keine Zeit, Bücher zu lesen und zu schreiben, keine Zeit für Kino oder was weiß ich.

*

Eine Taschenmaus braucht zwanzig Stunden Schlaf. Werden die meisten Taschenmäuse im Schlaf gefressen?

*

Die Geschichte meiner Müdigkeit ist die Geschichte meiner Schlaflosigkeit. Es stimmt ja gar nicht, daß, wer sehr müde ist, besser schlafen oder besser einschlafen kann. Stimmt einfach nicht.

*

Ich bin müde ohne jeden Grund.

*

Die schönste Müdigkeit ist die spanische, zu der ich *tengo sueño* sagen kann. Das Spanische macht aus jeder Müdigkeit einen Traum.

*

Und dann ist da diese unwahrscheinlich angenehme Müdigkeit, sonntags morgens, die ganz fließend in die Sonntagnachmittagsmüdigkeit übergeht. Wie schön es sein kann, mühelos von einer Müdigkeit in die nächste zu gleiten.

*

Komisch, daß das Wasser in Wasserfällen nicht müde wird zu fallen, denke ich, als ich ein Bild der Niagarafälle sehe.

*

Ist das Nicht-mehr-Wollen nicht viel menschlicher als das Immer-weiter-Wollen? Welches Tier kann schon beschließen aufzugeben?

*

An was denke ich eigentlich, wenn ich müde bin? Kann ich dann überhaupt etwas denken? So ein flauschiger Zustand.

*

Ist überhaupt noch etwas in meinem Kopf? Überraschung, hier herrscht Leere. Und diese Leere ist fast schon wieder interessant – wenn ich denn die Energie aufbringen könnte, mich dafür zu interessieren.

*

Ist es Müdigkeit mangels Sauerstoff? Bekomme ich nicht genügend Luft? Ersticke ich langsam hier auf Erden? Bin ich vielleicht, schöne Illusion, für andere Sphären gemacht?

*

Die Müdigkeit ist ein Berg, den ich hinabrolle, ist ein tiefes Tal, ist eine Ebene, weit und leer und karst zugleich. Sie hat die amorphe Topographie eines unbekannten Planeten. Leider bin ich viel zu müde, ihn zu erforschen. Ich schlafe lieber ein.

*

Ich bin viel zu müde. Geht nicht. Zu müde.

*

Das Kind ist nie müde, bestreitet immer, müde zu sein, ja es versucht, tatsächliche Müdigkeit zu widerlegen. Je länger es aufbleibt, desto aufgedrehter ist es, bis diese Aufgedrehtheit in Übermüdung kippt.

*

Die angenehme chemische Müdigkeit, die schöne Propofolmüdigkeit, ich könnte mich daran gewöhnen. Mit Propofol konnte Michael Jackson schlafen. Jetzt schläft er für immer.

*

Die Lebensmüdigkeit: einfach nicht mehr wollen. Kommt in Wellen. Kommt immer wieder. Kommt auch zu mir.

*

Wie sonderbar, daß ich dann doch mal ausgeschlafen und nicht müde bin – weil ich irgendwann einschlafen konnte. Woran ich mich natürlich nicht erinnern kann.

*

Warum bin ich so müde? Warum werde ich nicht wach? Warum möchte ich gleich nach dem Aufstehen wieder schlafen? Nur weil Winter ist und keine Blätter an den Bäumen hängen? Ist das mein Winterschlaf-Gen?

*

Warum macht der Mensch keinen Winterschlaf? Weil er sich nicht genug anfressen kann, um zwei, drei Monate durchzuschlafen? Wäre doch schön, im Dezember einzuschlafen und Mitte März, die Forsythien blühen schon, wieder aufzuwachen.

*

Zugvögel verzichten oft ganz auf Schlaf und fliegen die Nächte durch.

*

Oder schlafen Vögel im Fliegen? Sie schließen meist nur ein Auge, das andere beobachtet weiter die Umgebung. Einseitiger Schlaf soll für die ruhende Gehirnhälfte nicht weniger erholsam sein als tiefer Nachtschlaf.

*

Gut wäre es, wenn auch der Mensch nur eine seiner beiden Hirnhälften schlafen lassen könnte. Zum Fernsehen und für viele andere Tätigkeiten müßte eine Hirnhälfte doch reichen.

*

Im Sessel sitzen und vor sich hin starren. Tristissima, die Marinade, Müdigkeit in einer anderen Tonart.

*

Müdigkeit vereinzelt, müde bin ich ganz für mich.

*

Sex macht auch müde. Postkoitales Einschlafen ist einfach, aber nicht immer erwünscht.

*

Und dann, trotz der Müdigkeit, manchmal ein Einfall. Stimmt es am Ende, daß Müdigkeit inspiriert? Ich bin mir da nicht so sicher.

*

Sehr müde bin ich milde. Müde habe ich ein weiches Herz.

*

Die Müdigkeit, wer hat das bloß gesagt, ist der Schmerz der Leber.

231

Ich sitze endlich beim Frisör, die langen Haare werden abgeschnitten, und ich merke, daß ich gar nicht mehr so müde bin. Ich weiß, woran das liegt.

SCHNEE

Die ausführliche Anamnese des Patienten dürfen wir freundlicherweise als gut bekannt voraussetzen. Herr W. stellte sich in unserer Poliklinik mit Bauchkrämpfen bei immunsuppressiver Therapie vor. Der virologische Befund war CMV-positiv mit 7/200 000 Zellen. Wir begannen daher die virostatische Therapie mit Cymeven i. v. und führten eine Kontrollkoloskopie durch, die den Verdacht einer CMV-Colitis bestätigte.

232

Das Zimmer hat mich gleich wiedererkannt. Das Bett, die Lampe, der Nachtschrank, das Fenster mit seiner Aussicht, sie alle flüstern: Da bist du ja wieder, endlich zurück aus der Reha, wieder bei uns.

Es gibt Komplikationen: Ich kann und will nichts essen, ich kann nichts trinken, ich hänge am Tropf. Das normalerweise harmlose, bei geschwächtem Immunsystem jedoch nicht ungefährliche Cytomegalo-Virus ist der Grund. Ich bekomme morgens und abends Injektionen, ein stark alkalisches Medikament, das die Gefäße angreift. Immer wieder muß ich gestochen werden, die Einstiche ziehen sich in roter Doppelreihe über beide Arme, schließlich suchen die Ärzte Venen an den Füßen, ich fühle mich perforiert. Mir unter die Zunge zu spritzen, wie Julia es machte, als sie ein Junkie war, auf die Idee kommen die Ärzte nicht. Zum Glück. Ich behalte diese Möglichkeit für mich.

233

Alles tut weh, ich habe schlechte Laune, ich will nicht mehr. Selbst die Stimme meiner Mutter mit ihrem *stell dich nicht so an* ist ausnahmsweise nicht zu hören.

234

Ich blättere in der Zeitung und lese die Geschichte des Vitangelo Bini, eines pensionierten italienischen Polizisten, der seine Frau im Krankenhaus besucht und dort aus Mitleid durch zwei Handtücher hindurch erschießt. Zwei Schüsse in den Kopf, zwei in die Brust. Zeugen sagten aus, er sei wie immer ruhig und freundlich gewesen, als er ins Krankenzimmer kam – ihnen sei bloß aufgefallen, daß er eine kleine Reisetasche dabeihatte. Er habe sich ans Bett seiner Frau gesetzt, ihr den Kopf gestreichelt und etwas ins Ohr geflüstert, daraufhin habe er zwei Handtücher genommen, sie ihr über Gesicht und Brust gelegt und, noch bevor jemand habe reagieren können, eine Pistole gezogen und zweimal geschossen. Er habe noch zwei weitere Schüsse abgegeben, weil er bemerkt habe, daß seine Frau, zweiundachtzig Jahre alt und seit zwölf Jahren Alzheimer-Patientin, noch atmete. Dann habe er sich auf einen Stuhl gesetzt, sein Mobiltelefon aus der Tasche geholt und die Polizei gerufen, ehemalige Kollegen. Ich konnte es nicht ertragen, sie so sehr leiden zu sehen, nun ruht sie in Frieden, soll er gesagt haben, als er abgeführt wurde. Die Reisetasche hatte er fürs Gefängnis gepackt.

Kommt vielleicht einer, frage ich mich, der Erbarmen hat und mich erschießt?

235

Das Kind ist der Grund, warum ich überhaupt noch hier liege, ein anderer fällt mir nicht ein. Ich weiß ja, es ist nicht so schön, wenn Mama oder Papa plötzlich nicht mehr da sind.

Die Tochter war einmal hier, mit ihrer Mutter. Es hat ihr nicht gefallen, sie wollte gleich wieder fort. Das war nicht ihr Vater, den sie da liegen sah, sondern ein mit Schläuchen an Apparaten hängender Fremder, ein seltsamer Patient.

Ich weiß noch, daß auch ich mich, obwohl ich viel älter war, nicht sehr für meine Mutter im Krankenhaus interessiert habe. Ich wollte nichts mit dem Krankenhaus zu tun haben, ja ich habe die Besuche im Krankenhaus gehaßt. Die gesunden, Tennis spielenden und Cabriolet fahrenden Mütter meiner Klassenkameraden gefielen mir viel besser als die sterbende Frau auf dem Schafsfell.

236

Eine Wespe fliegt immer wieder ans Fenster, klopft von innen an die Scheibe, sie klopft mit ihrem ganzen Körper, will hinaus und kommt nicht weiter. Die Wand aus Glas versteht sie nicht. Bald krabbelt sie nur noch über die Scheibe, langsamer und langsamer, schon kriecht sie, die Gefangene sucht einen Weg in den Himmel. Ich überlege, ob ich mich von ihr stechen lassen oder sie mit einem Schlag der eingerollten Zeitung töten soll. Mit der Zeitung erschlagen, die Methode meines Vaters – er mußte das manchmal tun, weil meine Mutter panische Angst vor Wespen hatte und schrie, wenn sie nur eine sah. Ich könnte den Wirtschaftsteil und das Feuilleton zusammenlegen und zuschlagen, ich müßte mich nicht einmal besonders schnell bewegen oder anstrengen, die Wespe ist matt.

Ich denke an die Tiere, die ich getötet habe, an die Hunde, die Starzl im Labor zum Opfer gefallen sind, und an die Träume, in denen ich hin und wieder glaube, einen Menschen umgebracht zu haben, Schuldträume, in denen mein schlechtes Gewissen über allem schwebt und mir klar wird: Damit mußt du nun leben. Nach dem Aufwachen bin ich immer ganz erleichtert, wenn mir dämmert, daß ich vielleicht doch niemanden umgebracht habe. Wirklich nicht? Habe ich nicht den einen oder anderen Menschen auf dem Gewissen? Dich? Muß ich mich schuldig fühlen, weil ich überlebt habe, du aber nicht?

237

Als ich die Zeitung wieder auseinanderrolle, entdecke ich die Todesanzeige für den Herrn, der mir in der Reha am Tisch schräg gegenüber saß. In dem riesigen Speisesaal waren wir beide morgens die einzigen, die Zeitung lasen und einander mit neuen Details ihrer Krankengeschichte verschonten. Wir hielten, darin waren wir uns ohne Worte einig, die Lektüre für interessanter als unsere Transplantationserzählung. Nun lese ich, daß er eine Woche zuvor gestorben ist. Was mich daran erinnert, sonst versuche ich, nicht daran zu denken, daß fast zwanzig Prozent aller Lebertransplantierten das erste Jahr nicht überleben. Immerhin, ich habe schon zwei, bald drei Monate geschafft.

Von B. weiß ich, daß die Überlebensaussichten in Amerika viel besser sind. Was aber bloß daran liegt, daß diejenigen, die schon sehr krank sind und daher keine gute Überlebensprognose haben, dort in den meisten Fällen überhaupt nicht transplantiert werden. Die Kliniken, die ja mit ihren Erfolgsquoten werben, transplantieren lieber leichtere Fälle.

238

Und ich habe wieder Glück, das aggressive Wundermittel wirkt, die Viruslast geht zurück. Es hätte viel länger dauern können. Ich schaue aus dem Fenster, die Blätter haben sich verfärbt und fallen von den Bäumen. Wie heißt diese Jahreszeit noch mal? Auf dem Kanal wird ein Kohlenschiff entladen, ich sehe eine S-Bahn in der Ferne, gelb-rot gleitet sie dahin, dahinter Güterzüge, weißer Himmel.

239

Fast alle Jahreszeiten habe ich hier gesehen, fehlt nur noch der Winter. Und prompt – ich muß aufpassen, was ich mir wünsche – beginnt es draußen zu schneien. Dichtes Treiben, fette Flocken, Schnee, der froh macht, einfach so. Immer wieder versuche ich, den Flug einer Flocke zu verfolgen, du könntest ja diese Flocke sein. Es gelingt mir allerdings nie lange, sie sehen sich alle doch sehr ähnlich. Dabei sind, das habe ich einmal gelesen, im Lauf der Erdgeschichte noch nie zwei exakt gleiche Schneeflocken vom Himmel gefallen, die Möglichkeiten der Kristallisation sind unvorstellbar groß.

Ach, es hört schon wieder auf. Und nichts bleibt liegen.

240

Ich liege unter einer frischen Decke, Kaffee steht auf dem Nachtschrank – Krankenhausidylle, Klinikarkadien. Und da hinein werde ich ermahnt, weil ich wieder ein Schlachtfeld auf dem Frühstückstablett hinterlasse habe. Als wäre ich das Kind, dem ich ein Brot schmiere, habe ich die Rinde an den Rändern der Scheiben abgeschnitten und aufgetürmt und wie fast jeden Morgen die Honig- und Marmeladenreste aus den Portionspäckchen gelöffelt. Vielleicht bin ich die Wespe.

241

Auf dem Flur begegne ich wieder der ungetümen Frau, der Riesin. Wir sind uns schon öfter über den Weg gelaufen, und wie immer fängt sie gleich an zu erzählen: daß sie sich mit ihrer dritten Leber fühle, als hätte sie sich einen anderen Menschen einverleibt. Sie hat schon einmal davon gesprochen, im Aufenthaltsraum, eines Nachts, als sie und ich nicht schlafen konnten. Sie sagt, sie habe einen anderen Menschen gegessen, ja sie sei auf der Intensivstation mit Menschenfleisch gefüttert worden, und der Mann, den sie sich einverleibt habe, sei ein sehr schöner, starker Mann. Allerdings auch ein Mörder, der auf der Flucht vor der Polizei unter ein Auto gekommen sei, daher die Kopfverletzung, sein Hirntod und so weiter.

Leider kann ich mich mit ihr nicht über ihre Kannibalismusphantasie unterhalten, sie will nur selber reden. Mir gefällt ihre Idee, schließlich gibt es Naturvölker, die glauben, sich die Tapferkeit besiegter Feinde in einem kannibalistischen Ritual aneignen zu können, was nicht heißen muß, daß die getöteten Kämpfer mit Haut und Haaren aufgegessen werden. Meist reicht es, von Herz und Leber bloß zu kosten.

Habe ich nicht, denke ich nun, auch deine Tapferkeit hinzugewonnen, diese fast vergessene Tugend? Halte ich das alles nur deshalb aus?

242

Von der Schwester, die bald wieder auf dem Bauernhof ihrer Eltern arbeiten möchte, höre ich, daß eine Patientin in ihrer Überlebenseuphorie glaubte, sie habe den Jackpot geknackt, sechs Richtige und die Zusatzzahl. Sie rief all ihre Freunde an und sagte: Ich habe Millionen gewonnen, kauft euch, was ihr wollt, ich zahle alles. Dem Oberarzt versprach sie zwanzig Millionen für eine Erweiterung der Klinik.

Und eigentlich stimmte es ja, sie hatte gewonnen. Sie war noch am Leben, ihr gehörte die Welt.

Die Euphorie des Überlebens, das habe ich schon bemerkt, hält leider nicht an. Die schrecklichen, endlosen, leeren, verzweifelten Tage, sie kommen wieder. Dabei habe ich nun ein neues Leben, alles auf Null, noch einmal von vorn. Müßte ich nicht von morgens bis abends jubeln? Jeden Tag? Ununterbrochen?

243

Wieder einmal sehe ich einen Mann im Blaumann unten durch die Stille radeln, er radelt in sanfter Schlangenlinie über den Asphalt, als hätte er Frieden mit der Welt geschlossen. Er hat es wohl nicht eilig.

Als ich mich aus dem offenen Fenster beuge, um ihm hinterherzusehen, merke ich, daß ich hier gar nicht gut aus dem Fenster springen könnte. Ein Stockwerk tiefer ragt ein kiesbedeckter Vorsprung aus der Fassade, ein Flachdach, das in leichter Schräge ausläuft. Hinausbeugen kann ich mich nur, weil ich mir von der Schwester, mit der ich mich zur Zeit am besten verstehe, den Schlüssel erbettelt habe, mit dem sich der Fensterflügel ganz öffnen läßt. Springe ich jetzt aus diesem Fenster, bekommt sie großen Ärger.

Manchmal mache ich es mir leicht und denke in solchen Momenten an das Kind, das sich so unglaublich freuen kann. Es hilft, die Freude strahlt zurück. Das ist der Kindertrick, der meistens funktioniert.

244

Noch immer am Fenster, zähle ich die parkenden Autos. Die acht oder neun Stellplätze sind reserviert, Nummernschilder zeigen an, wer seinen Wagen wo abstellen darf. Ein VW Käfer sticht heraus, er paßt nicht zwischen die viel größeren Audis und BMWs. Käfer sind überhaupt nur noch selten zu sehen, denke ich. Schon lange ist es nicht mehr so, daß, wer VW sagt, einen Käfer meint.

245

Meine Mutter – auch wenn ich selbst mich daran nicht erinnern kann, ich weiß das bloß von alten Fotos in einem Album – fuhr während meiner ersten Lebensjahre einen Käfer. Also bin ich, so stelle ich mir das vor, nach meiner Geburt in einem Käfer vom Krankenhaus nach Hause gefahren worden.

246

Auch Verena hatte einen Käfer, in dem sie mich manchmal mitnahm, sie hatte ihn von ihrer Großmutter geerbt. Obwohl sie Juristin war, saß sie oft in der Romanisten-Bibliothek, eigentlich hätte sie lieber Italianistik studiert, nun promovierte sie über ein juristisches Thema, das sie nicht besonders interessierte. Sie litt unter ihren Übereltern, einem Vater, der Präsident des Oberlandesgerichts, und einer Mutter, die eine sehr erfolgreiche, fast prominente Anwältin war. Beide machten ihr das Leben schwer.

Ab und zu trafen wir uns in der alten FU-Cafeteria oder am Ausgang der Bibliothek, und sie nahm mich mit nach Kreuzberg, wo ich auf der einen, sie auf der anderen Seite des Görlitzer Parks wohnte. Gerade weil ihre Eltern die Gegend verabscheuten, war sie dorthin gezogen und nicht in das Haus in Schmargendorf, das ihr Vater ihr überschrieben hatte und in dem eine andere, viel größere Wohnung auf sie wartete. Neben ihr im Käfer, in dem alles immer ein wenig vibrierte, schaute ich auf ihre vollen, weichen Lippen, die fast aufgespritzt wirkten, es aber nicht waren, und stellte mir vor, eines Tages mit ihr in diesem Haus in Grunewaldnähe zu leben, einmal war sie mit mir daran vorbeigefahren. Ich stellte mir vor, mit ihr verheiratet zu sein, obwohl mir mit ihr immer ein wenig langweilig war, wenn auch auf eine sehr angenehme Art. Eigentümlicherweise hatte ich mir, schon bevor wir uns das erste Mal küßten, ausgemalt, wie ich sie später betrügen müßte, schon während der ersten behutsamen Zärtlichkeit in ihrem Käfer wußte ich, wie oft ich sie belügen würde, ich hatte das schlimme Ende unseres Liebesromans in meinem Kopf schon geschrieben, bevor er als solcher überhaupt begann.

Jahre später rief ich sie einmal versehentlich an. Sie erzählte, sie habe eine zweijährige Tochter, sei mit einem Psychologen verheiratet, wohne in Schmargendorf und sei schon wieder schwanger.

247

Wohin ich auch sehe, ich sehe Stilleben. Weil ich so viel Zeit habe? Viel zuviel? Und so lange auf die Wand, auf meinen Nachttisch und die Wasserflaschen, Saftpackungen und ungelesenen Bücher starren kann, bis alles, was ich anstarre, zum Stilleben wird? Vielleicht will ich nur noch Stilleben sehen, weil sie auf französisch *natures mortes* heißen?

Dazwischen dämmere ich dahin, faul und müde. Ich warte, dabei habe ich keine Lust mehr zu warten. Ich weiß nicht mehr, worauf.

248

Draußen stürmt es. Ist das, dramatische Wendung, ein Herbststurm? Die Kastanienbäume vor dem Fenster sind plötzlich kahl, kaum ein Blatt mehr, nirgends. Draußen regnet's, hier drinnen nicht, ich glaube, es schüttet. Keine Ahnung, ob Mücken diesen Regen überleben, falls es jetzt noch Mücken gibt. Gespräche übers Laubrechen im Garten fallen mir wieder ein, im letzten oder vorletzten Jahr habe ich sie hier mitangehört. Jetzt sind schon wieder Blätter abgefallen.

249

Ich träume, daß ich aus dem Gefängnis entlassen werde und nach Hause darf. Ich werde abgeholt, Mama und Papa sind da, ich bin, komisch, wieder fünf Jahre alt und komme zurück in unser Haus. Ich habe noch das Zimmer mit den beiden Fenstern zum Garten, der weiter hinten, zum Hohlweg hin, leicht abfällt. Sind wir hier nicht längst ausgezogen? Ist das Haus nicht verkauft? Ist meine Großmutter, die mit uns dort wohnte, nicht tot? Und warum lebt meine Mutter wieder?

250

Auf dem Flur sehe ich den sibirischen Apfelmann. Er trägt dasselbe karierte Hemd wie Wochen zuvor und hat zwei Plastiktüten in der Hand, scheint sich an ihnen festzuhalten. Ich nicke ihm zu und grüße, er aber bemerkt mich nicht. Seinen wieder gutgefüllten Wasserbauch schiebt er bis zur Tür des Schwesternzimmers, macht eine unterwürfige Verbeugung und bittet eine der Schwestern, einmal, nur ein einziges Mal, kurz telefonieren zu dürfen. Die Schwester erlaubt's, die Demutsgeste, die symbolische Unterwerfung, der Diener, all das hat ihr wohl gefallen, vielleicht sogar geschmeichelt, vielleicht hat es sie auch bloß gerührt.

251

Wohin mit all dem, wenn ich tot bin? Ich glaube, ich hätte lieber die Erinnerung eines Grashalms am Straßenrand, an dem alle vorübergehen, eines Grashalms, den nie einer sieht, bis er eines Tages abgemäht oder ausgerupft wird. Oder einfach vertrocknet.

252

Ich habe Zeit, viel zuviel Zeit, den Krankenhausboden zu betrachten. Mir kommt es vor, als gäbe es in seinem Muster jetzt ganz andere Dinge zu sehen, dabei ist es immer derselbe rauchblaue Farbteich aus Linoleum, jeden Tag. Und mein Bett ist das Floß, das auf diesem Teich treibt, das Wasser spiegelglatt und klar.

253

Die Reinigungskraft im pistazientürkisen Kittel, dunkles Haar, leert den Mülleimer, den ich mit ungelesenen Zeitungen gefüllt habe, und legt einen neuen Müllbeutel ein. Sie wischt über den Tisch, den Lampenschirm, der dadurch eine Weile hin und her schaukelt, zuletzt über den Nachttisch. Vorher hebt sie hoch, was da steht, und wenn ich zu viele Bücher (die ich doch nicht lese) und Zeitungen auf dem Klapptablett liegen habe, beschwert sie sich, daß sie nicht wischen könne. Ich entschuldige mich. Leere Wasserflaschen, das liegt außerhalb ihres Aufgabenbereichs, nimmt sie nicht mit. Manchmal macht das die Schwester am Abend, bei ihrem letzten oder vorletzten Gang durch die Zimmer, bevor die Nachtschwester übernimmt. Nicht ohne die Bemerkung, daß, wer sich volle Flaschen hole, die leeren sicher auch zurücktragen könne. Ich liebe diese Erziehungsversuche. Ich bin wieder acht Jahre alt, gleich rufe ich nach meiner Mami.

254

Und wieder ein Neuer neben mir, ein libanesischer Fleischer, der sich vier Finger seiner rechten Hand abgeschnitten hat. Nicht ganz abgeschnitten, aber fast. Seine Messer seien scharf, erzählt er, bis auf den Knochen habe er alle Sehnen durchtrennt, die ungeschützte Hand sei ihm über die Klinge gerutscht. Wie das passieren konnte, verstehe ich nicht richtig, möchte es vielleicht auch nicht verstehen. Meine Hand tut weh, während ich ihn erzählen höre, das kenne ich schon, sympathisch vermittelter Schmerz.

Er führt einen eigenen Betrieb, seit ein paar Jahren. Zwei seiner Mitarbeiter kommen zu Besuch und bringen ihm Fleisch, Fladenbrot und Gemüse, sie bringen reichlich, Krankenhauskost will er nicht essen. Er bietet mir von allem an, und ich probiere. Bald erzählt er mir von dem Asylbewerberheim in Rüsselsheim, in dem er 1990 lebte, erzählt, daß er aus einer Dynastie von Fleischern stamme und zwölf Jahre in einer Fleischfabrik gearbeitet habe, bevor er seine eigene Fleischerei eröffnen konnte, in Schöneberg, Hauptstraße, nicht weit hinter dem Odeon.

Zwei seiner drei Brüder sind gefallen. Nein, er sagt, sie sind getötet worden. Sein älterer Bruder wurde von den Israelis erschossen, 1982, während des ersten israelischen Libanon-Feldzugs, der andere, sein jüngster Bruder, starb bei einer Bombenexplosion während des Bürgerkriegs, mein Bettnachbar gibt den Kämpfern der christlichen Milizen die Schuld.

Einmal stehen seine fünf Kinder im Zimmer, vier Töchter und ein Sohn. Die hübscheste der Töchter, elf oder zwölf Jahre alt, schmal, dunkles Haar, ich denke noch, sie ist ein wenig blaß, sackt plötzlich in sich zusammen, erst langsam, zeitlupenhaft, dann schnell. Sie fällt in Ohnmacht, wie ich es bisher nur im Kino gesehen habe. Sie mag keine Krankenhäuser, heißt es dann, wollte auch gar nicht mit, aber was blieb ihr anderes übrig, sie mußte.

255

Meine Tanten sagten immer, der sei in Griechenland gefallen, ein anderer in Afrika und noch ein anderer in Rußland.

Und ich, als ich sie das sagen hörte, als Kind, dachte immer, sie wären in tiefe Schluchten gefallen, ganz weit hinunter, ich sah sie fallen in ihren Uniformen, die sie auf den silbergerahmten Fotografien über den Frisierkommoden trugen, die Brüder, die Väter und die Söhne.

256

Morgens kommt der Pfleger und fragt, was ich trinken möchte. Was ich trinken möchte? Ich sage: Kaffee. Ich sage immer Kaffee, Wasser steht ja auf dem Nachttisch. Abends trinke ich Tee.

257

Ich muß nur liegen. Ich muß nur liegen und ab und zu behaupten, ich hätte meine Temperatur gemessen. Jeden Morgen erfinde ich eine Zahl, ich bin längst viel zu faul, mir das Fieberthermometer tatsächlich in die Achselhöhle zu klemmen. Und ich denke, eigentlich bin ich gern hier. Das Krankenhaus befreit von vielen Dingen, die sonst so ungeheuer wichtig scheinen.

Vielleicht bin ich schon zu lange hier.

258

Zwei oder drei Stunden starre ich die glasgraue Wasserflasche auf dem Nachttisch an. Ich mag ihre Silhouette, ich mag die Banderole aus Papier. Stolz sieht sie aus, die Flasche. Ich glaube, sie leuchtet.

Und ich merke, es ist gar nicht so schwer, die Dinge so lange anzuschauen, bis sie etwas ganz anderes bedeuten. Allerdings weiß ich nicht unbedingt, was.

259

Aufstehen ist noch immer schwierig. Liege ich erst einmal, dann liege ich. Die Bauchmuskeln, die es zum Aufrichten braucht, sind quer durchtrennt worden, und mir fehlt der Triangelgriff über dem Bett, an dem ich mich sonst habe hochziehen können. Die Stationsschwester, die ihn entfernen ließ, meinte, ich solle das Aufstehen üben, mich dabei ruhig anstrengen. Sie hat wahrscheinlich recht.

Statt mich einfach mit den Armen hochzuziehen, muß ich nun, auf dem Rücken liegend, die Knie anwinkeln, die Hüfte mit Hilfe der Beine anheben und mich mit beiden Ellenbogen Richtung Bettrand robben. Habe ich die Füße auf dem Boden, kann ich den Oberkörper mit den Armen in die Senkrechte drücken.

Die Narbe spüre ich bei jeder Bewegung.

260

Um die Narbe herum ist die Bauchdecke noch immer taub, taub ist auch der Bauchnabel. Streiche ich mit den Fingern über die Haut, wundere ich mich, weil ich doch erwarte, die Finger zu spüren, auch die Haut der Bauchdecke müßte doch spüren, daß da jemand an ihr entlangstreicht – die Fingerkuppen aber tasten nur etwas, was sich für sie wie die Außenseite einer Gummiwärmflasche anfühlt.

Ich mag die Narbe, ich finde sie schön. Ich bin sogar ein wenig stolz auf diese Narbe, das Schriftzeichen, das ich noch nicht entziffern kann. Die Chirurgen nennen sie den Mercedesstern.

Und falls der Krankenhausodysseus nicht in die Strafkolonie muß, falls er eines Tages vielleicht doch nach Hause darf, wird er dann an dieser Narbe erkannt? Meine Amme lebt noch, sie hat mir eine Karte geschrieben. Sie wünscht mir gute Besserung.

261

Vorher hatte ich andere Narben, die größte stammte von einer Leberbiopsie, meiner ersten, durchgeführt in einem Krankenhaus, in dem dieser Eingriff nicht jeden Tag auf dem Operationsplan stand. Der Arzt, Vater eines Klassenkameraden, machte erst einen Schnitt mit dem Skalpell, bohrte mir daraufhin, vier weitere Ärzte und Schwestern hielten mich fest, eine kinderfingerdicke Edelstahlkanüle in die Seite und riß mir eine Gewebeprobe aus der Leber. Ich gebe zu, das tat weh. Auf der Skala der rothaarigen Ärztin mindestens eine Sieben, wenn nicht eine Acht, allerdings war es bloß ein sehr kurzer Schmerz. Spätere Biopsien hinterließen nur winzige Punkte, die meisten von ihnen sind unter oder in der neuen großen Narbe verschwunden. Heute habe ich, wie praktisch, neue Narben über alten.

262

Auf einmal bin ich allein im Zimmer. Niemand neben mir, nicht einmal ein leeres Bett. Der Raum sieht gleich viel größer aus. Und ich komme mir vor wie in einem Hotel, nur daß der Roomservice nicht klopft, bevor er eintritt.

Ich erinnere mich an ein Zimmer in Mexiko-Stadt, nicht weit vom Monumento a la Madre. Ich blieb sieben Wochen im selben Hotel, es kostete umgerechnet elf Dollar am Tag, der Peso war gerade abgewertet worden. Später zog ich in ein anderes, noch billigeres Hotel in der Calle Mariscal, gegenüber der Academia de Artes. Das aber war, ich merkte es erst, als ich dort wohnte, auch ein Puff. Gloria war nicht begeistert.

263

Der Windsack auf dem Flachdach gegenüber hebt und senkt sich. Müde sieht er aus, noch ein wenig wettergrauer ist er geworden, fleckig, fast schmutzig, das Orange ist ausgeblichen. Eine schlampige Nonne wäre das, die eine solche Haube trüge.

Der Himmel zieht sich zu und reißt wieder auf. Die Sonne kommt heraus, am Abend geht sie unter. Sonst passiert nicht viel.

264

Ich wünschte, Rebecca käme vorbei. Wir könnten am Kanal entlangspazieren, durch das Laub, das noch auf den Gehwegen und dem alten Treidelpfad am Wasser liegt, ich stelle mir vor, wie sie rascheln würden, die Blätter, bis zum Pekinger Platz könnten wir rascheln und uns dort in eines der Lokale setzen.

Immer wieder vergesse ich, immer wieder will ich vergessen, daß sie gar nicht mehr lebt. Ihre Reisen nach Afghanistan, zwei- oder dreimal war sie mit der Gesellschaft für Technische Zusammenarbeit dort, hatte sie alle heil überstanden, sie war weder entführt und hingerichtet noch an einer Straßensperre aus dem Auto gezerrt und erschossen worden, nein, sie starb hier in Berlin, auf dem Weg zu ihrem Schreibtisch in Mitte, ihren Sohn, zweieinhalb Jahre alt, hatte sie gerade in die Kita gebracht. Sie ging über die Straße und wurde von einem Lieferwagen überfahren, sie war sofort tot.

265

Und ich träume, ich bekäme die Rechnung. Hätte ich damals, an dem Tag, als mir der Füller auslief, bloß den Vertrag gelesen. Was habe ich da unterschrieben? Muß ich jetzt, hat nicht alles seinen Preis, bezahlen? Der Oberarzt kommt mit einem Blatt Papier ins Zimmer. Zuerst denke ich, es handele sich bei diesem Blatt, etwas kleiner als DIN A4, um eine Urkunde, eine Art Sieger- oder Ehrenurkunde, wie Schüler sie für die erfolgreiche Teilnahme an den Bundesjugendspielen erhalten. Eine Urkunde, auf der, unbeholfen formuliert, «Geschafft, Sie haben überlebt!» geschrieben steht. Der Oberarzt aber gratuliert mir nicht, er sagt bloß: Bitte, die Rechnung, und reicht mir das Papier. Ich werfe einen Blick darauf und sehe eine ungeheure Zahl, eine unaussprechliche Summe, eine Entenhausenzahl, die ich, weiß ich sofort, nie im Leben werde aufbringen können. Was ich ihm auch gleich sage. Macht nichts, entgegnet er, Sie können auch mit Ihrem Blut bezahlen. Mit meinem Blut? Ist mein Blut denn so viel wert?, frage ich einigermaßen überrascht, worauf der Oberarzt antwortet, ich höre seine Sohlen, es sind wohl Ledersohlen, knarzen: Das meine ich natürlich symbolisch. Was ich nicht verstehe. Wie denkt er sich das? Ist in einem Traum nicht alles symbolisch? Ich kann ihn nicht mehr fragen, er ist schon weg, die Rechnung liegt auf dem Nachttisch.

Meine gesetzliche Krankenkasse bezahlt die Rechnung, ich bin sehr erleichtert, als mir das nach dem Aufwachen einfällt. Die Krankenkasse bekommt nicht nur eine Rechnung vom Krankenhaus, sie bekommt auch eine von Eurotransplant, für die Bereitstellung des Organs und die damit verbundenen Kosten. Und bisher hat noch kein Krankenkassenmitarbeiter bei mir angerufen und gefragt, ob ich nicht ein wenig schneller sterben könnte, das wäre dann nämlich günstiger. Bisher hat sich auch niemand erkundigt, ob dieser Aufwand sich überhaupt noch lohnt. Ob ich ihnen, der sogenannten Solidargemeinschaft, so viel wert sein soll.

Später lese ich in der Zeitung über Thomas Starzls deutschen Lieblingsschüler, den Star-Operateur, Chefarzt in Essen, genannt «Das Lebergenie», der vor Operationen wohl um Barspenden gebeten hat, fünftausend, manchmal auch zehntausend Euro, ein hübsches Bündel Scheinchen für die

Kitteltasche. Nur um sicherzustellen, daß er selbst operiere. Und nicht irgendeine Hilfskraft. Er sitzt jetzt im Gefängnis.

266

Wie lautete die Bedingung der Fee? Ich hatte sie am Telefon ja nicht verstanden. Ruf doch noch mal an, ruf doch bitte noch mal an.

267

Die Tage vergehen. Schwestern, Pfleger, Ärzte, Besucher kommen ins Zimmer, ich werde irgendwohin und wieder zurück geschoben. Einmal schiebt mich ein Mann mit rötlichem Kinnbart und wenig Haaren, auch er pflegt die rituelle Kommunikation: Wie jeht's uns heute, na, denn ma' los, die Ecke jetze. Er erzählt mir von der Funküberwachung der Transporter, sechsundzwanzig Transporter gibt es im Frühdienst, nachmittags weniger, alle sind sie mit einem Klinikmobiltelefon ausgestattet und müssen Signale geben: Bin auf Station, Patient empfangen, oder: Bin am Zielort und wieder verfügbar. Der Oberaufseher sitzt angeblich vor einem Bildschirm und kann die Bewegungen seiner Transporter überwachen, es soll aber Funklöcher auf dem Klinikgelände geben, in denen es sich ein wenig verschnaufen läßt. Auf fünfundzwanzig bis dreißig Kilometer komme er pro Tag, sagt der Krankenhausahasver, ick hab abends keen Bedürfnis, spaziern zu jehn. Schuhe halten fünf Monate, manchmal ein halbes Jahr.

268

Wie gut ich versorgt werde, wie nett das Krankenhaus zu mir ist. Ich habe ein Bett und bekomme zu essen, dreimal am Tag. Anderswo gibt es keine Krankenhäuser, und Menschen sterben einfach so. Ich aber liege hier wochen-, monate-, jahrelang im Bett und beschäftige all die Ärzte, Schwestern, Pfleger, Physiotherapeutinnen, Transporter und Reinigungskräfte.

Und was muß ich tun, damit ich das verdiene?

269

Ich schaue zur Wand und zum Schrank, hinauf zum stummen Fernseher und auf die beiden Bilder, die ich immer übersehe. Ich schaue zum Nachttisch neben dem Bett und zum Armaturenbrett mit den Knöpfen, von denen nur ein einziger funktioniert – der, mit dem ich das Licht ein- und ausschalten kann. Vom Meer keine Spur, ich liege nicht am Pazifik, sehe statt dessen Wipfel vor dem Fenster, warte nur, balde, draußen spielt das Jahreszeitentheater, gibt eine Vorstellung, das Stück heißt noch immer Herbst, jeden Morgen hängen weniger Blätter in den Bäumen. Deshalb nun auch freie Sicht auf ein Gebäude, das in einiger Entfernung jeden Tag ein bißchen wächst, so sieht Fortschritt aus. Angefangen hat es als Stahlgerüst, nun leuchtet ein großer gelber Kubus über die Ringbahngleise.

270

Ich stehe auf, ziehe meinen Morgenmantel über das Flügelhemd, verzichte auf den Keimschutzkittel und gehe langsam Richtung Stationstür. Ich trete hinaus in den Aufzugsflur und nehme den nächsten Fahrstuhl hinunter, ich schaffe es bis zum Kiosk und wundere mich darüber fast nicht mehr, kaufe eine Zeitung und wanke auf Umwegen nach draußen. Kalt ist mir im Wind, aber ich möchte mein Fenster von unten sehen. Ich zähle die Stockwerke an den langen Scheibenbändern ab, und siehe da, A7, Treffer, versenkt, ich erkenne es an der leeren Flasche, die auf der tiefen Fensterbank steht, hinter der Jalousie, seit mindestens einer Woche. Und ich winke hinauf ins Niemandszimmer, winke mir zu, denn ich sitze doch dort oben, ich bilde mir ein, mich zu sehen, im Ausguck, auf dem Hochsitz.

271

Mein Onkel in Österreich hat mich einmal auf die Jagd mitgenommen, ich muß zehn oder elf gewesen sein. Er weckte mich gegen vier Uhr früh und ging mit mir, er trug sein Jagdgewehr, quer durch den Obstgarten in den Wald, wo uns die Dunkelheit so lange umgab, bis wir an den Rand einer Lichtung kamen, dort stiegen wir, es dämmerte bereits, auf einen Hochsitz. Da saßen wir und sprachen kein Wort. Wir warteten auf das Wild, das dann bald auf die Wiese kam, es sah aus, als ob die Rehe Fangen spielten. Mein Onkel hatte das Gewehr in der Hand, schoß aber auf keines dieser Tiere. Als wir nach etwa einer Stunde vom Hochsitz herabkletterten, stand plötzlich ein jüngerer Rehbock vor uns auf dem Waldweg, einer, der sich nicht hinausgetraut hatte auf die Lichtung zu den Großen. Er schaute in unsere Richtung, sah mich an, ich sah in seine Augen, da hatte mein Onkel schon angelegt und geschossen. Das Tier flog in die Höhe, riß die Beine auseinander, sackte zusammen und fiel zu Boden. Es war tot und wurde an Ort und Stelle aufgeschlitzt. Den größten Teil der Innereien warf mein Onkel ins Gebüsch, darüber freut sich der Fuchs, sagte er, den abgetrennten Schädel sägte er später im Garten auf, ich sah ihm dabei zu. Das Hirn und die Hoden aß er am Abend gebraten mit Rührei, ich durfte probieren.

272

Blutabnahme, wie fast jeden Tag. Und wie immer habe ich Angst, die Ärztin zu enttäuschen, ich möchte doch gute Werte liefern. Wie es mir geht, wie es mir wirklich geht, weiß ich immer erst, wenn ich die Werte kenne. Ich bin meine Krankenakte, ich bin die Kurve meiner Werte, ich bin

Natrium Kalium Calcium
Kreatinin Albumin
Protein Bilirubin
Lipase Amylase
ALT AST GGT
LDL HDL
GLDH LDH

MCH MCV
MPV MCHCV
Lymphozyten Leukozyten
Monozyten Thrombozyten
Granulozyten Erythrozyten
Triglycerid Hämatokrit
Cholesterin Hämoglobin.

273

Und plötzlich gibt es keine Essenskarten mehr. Die Lochkarten, diese Relikte, diese Tontäfelchen der elektronischen Datenverarbeitung, auf denen ich bisher jeden Tag ankreuzen mußte, welche Essenskombination ich wünsche, sind abgeschafft worden – Wunder geschehen. Nun kommt einer der Pfleger mit einem elektronischen Bestellgerät ins Zimmer und fragt, was wir essen wollen. Ein wenig lustlos, er muß sie ja in jedem Zimmer herunterleiern, liest er die Alternativen vor. Schon vermisse ich die Karten.

274

Eine Frau ungefähr in meinem Alter betritt wortlos den Raum, beginnt, den Boden zu wischen, und stößt mit ihrem Mop gegen jedes Stuhl- und Tischbein. Mir tut das weh, die Stuhl- und Tischbeine, der Hocker und der Papierkorb, sie sind doch meine Kameraden. Und die Frau schubst sie so herum.

Sie hat sich schon wieder Richtung Tür gewischt und will

den Raum gleich verlassen, da sage ich: Danke. Sie schaut auf, scheint mich jetzt erst zu bemerken, sieht mich an, streift sich eine Haarsträhne aus dem Gesicht, räuspert sich, zieht ihre Mundwinkel nach oben, daß es fast wie ein Lächeln aussieht, und sagt leise: Bitte.

275

Mein Bettnachbar Karl-Heinz, der als Koch auf einem Zerstörer der Volksmarine gedient hat, wird entlassen. Er hat noch eine Lebensweisheit für mich parat: Jeder Tag ist neu, Gegenwart ist immer, jedes Gericht wird nur einmal gegessen, keine verpaßte Gelegenheit kommt zurück.

Ich will versuchen, das nicht zu vergessen.

276

Sonntagnachmittag im Krankenhaus. Müde bin ich von den Ausflügen ins Badezimmer, müde vom Wandern auf dem Flur, müde vom Hinausschauen, müde vom Auf- und Zuschlagen des Buches, in dem ich kaum gelesen habe. Wir liegen wieder zu zweit auf der Matratze. Du bist immer da, wenn ich liege, wenn ich aufstehe, wenn ich mich wieder hinlege und mich im Bett bloß drehe. Ich spüre dich bei jedem Atemzug, bei jeder Bewegung, wir liegen zusammen auf diesem Floß, wir treiben zusammen über dieses Meer.

Und all die Erinnerungstrümmer, die Verzweiflung, die Peinlichkeiten, die kleinen Klinikfreuden, sie müßten vielleicht nur aufgeschrieben werden, das könnte eine Art Dankesbrief sein.

Ja, vita nova, ich sollte anfangen mit diesem neuen Leben. Die Reinigungskraft hatte recht, hier herumzupoltern, ich sollte nicht bloß liegen, ich sollte etwas tun, sollte nach dem Spiralblock oder dem Notizbuch greifen, einen Füller habe ich ja, er schreibt ganz gut. Ich sollte diesen Füller hervorkramen, ihm die Kappe abschrauben und einfach anfangen, ich habe schon eine Idee für einen ersten Satz, er könnte lauten: *Ich komme kurz nach Mitternacht* – da vibriert das Telefon auf dem Nachttisch und beginnt, über die glatte Oberfläche zu wandern, ich strecke die Hand aus, fange es ein, nehme das Gespräch an, höre erst nichts und dann eine Stimme, die sagt: Papa? Kommst du bald nach Hause?

EPILOG

Die Vorstellung zu einer routinemäßigen Kontrolluntersuchung ein Jahr nach Lebertransplantation erfolgte in einem hervorragenden Allgemeinzustand. Die Transplantatleber zeigt klinisch und laborchemisch eine gute Funktion hinsichtlich der Synthese- und Exkretionsleistung. Laborchemisch und histologisch liegen keine nennenswerten Zeichen einer akuten oder chronischen Parenchymschädigung vor. Sonographisch ist sowohl die Perfusion als auch die Morphologie der Leber unauffällig.

Das für dieses Buch verwendete Papier ist FSC®-zertifiziert.